MW01250645

LA HISTORIA ANTE EL ESPEJO

Heriberto Herrera Mejías

www.cbhbooks.com

Managing Editors: Francisco Fernández and Manuel Alemán
Designer: Alisha Anderson

Published in the United States by CBH Books.
CBH Books is a division of Cambridge BrickHouse, Inc.

Cambridge BrickHouse, Inc.
60 Island Street
Lawrence, MA 01840
U.S.A.

Library of Congress Catalog No. 2007013136
ISBN 978-1-59835-046-3
First Edition
Printed in Canada
10 9 8 7 6 5 4 3 2 1

A Yolanda, mi esposa:

La de la fé inquebrantable,
la del amor profundo y fiel,
la del corazón generoso
y el humor unificador.

Índice

PRÓLOGO

Definitivamente, Jesús es un personaje histórico que nunca ha perdido vigencia, a pesar de los siglos que han transcurrido desde su estadía en esta tierra. Para nosotros, los cristianos, es un modelo de vida que genera una filosofía muy particular sobre la visión antropológica del hombre. Al hacerse hombre, se conecta con el quehacer humano, sus luchas, temores, bondades y, por supuesto, con las debilidades que generalmente conllevan hacia la injusticia.

Jesús nació en tiempos del rey Herodes, bajo una situación socio-política y religiosa propia de la época. Le tocó mostrar su divinidad y sabiduría a través de personajes y situaciones particulares y concretas, en un sistema muy específico de gobierno y convivencia humana.

En *La historia ante el espejo*, Jesús vuelve a nacer y replica su vida pública, pero en el sistema político democrático venezolano, donde cobra vida la redención y enseñanza de una doctrina que se fundamenta en el amor.

La historia ante el espejo, es la obra de mayor creatividad e ingenio del autor, la cual se gesta en su espíritu desde hace muchos... muchos años. Recuerdo cuando niña, que recibía de mi padre conocimientos de orden religioso, o más allá, en la adolescencia, cuando ya en una discusión de mayor profundidad, hacíamos planteamientos acerca de la vida socio-política, no solo del país, sino del mundo, la reflexión obligada era: ¿Qué haría Jesús si viviera hoy? ¿Cómo abordaría este problema?

¿Qué le diría a este o a aquel personaje?

Así pues, y aún sin saberlo, la inquietud por contextualizar la vida pública de aquel joven que murió crucificado por "cantar" unas cuantas verdades hace más de dos mil años, en una realidad que, como venezolanos, nos toca de cerca, no tuvo mejor momento que hoy.

La novela muestra a un Jesús más cercano, más real que como nos lo enseñan las escrituras; que se mueve en espacios geográficos y en situaciones familiares que permiten al lector conectarse de inmediato con lo que realmente interesa al autor: presentar respuestas que se fundamenten en la doctrina de Jesús, ante hechos y personajes de la realidad venezolana de hoy.

Se muestran denuncias, vicios, corruptelas e injusticias sobre lo cual hay argumentos que exaltan otra visión, para significar la realidad social y política, sobre todo, la manera en que los hombres debemos conducirnos unos con otros. Aunque el lenguaje es contextualizado, cotidiano y popular, no se desdibuja el mensaje; por el contrario, se comprende y se maneja con mayor facilidad.

Los personajes se nos parecen; podemos ser uno de nosotros mismos. La cotidianidad es idéntica a un día cualquiera de trabajo, noticias, fracasos o éxitos. En fin, es como si Jesús viviera hoy, tan cerca, que lo pudiéramos escuchar, mirar y hasta tocar.

Yoly Herrera P.

CAPÍTULO PRIMERO

TIEMPO DE INICIO

I

Unos magos de Oriente se presentaron en Jerusalén diciendo: ¿Dónde está el que ha nacido?
—Mateo 2:1-2

El pésimo estado de la vía, unido a las precarias condiciones del vehículo, hacía que la travesía fuese una labor de hombres curtidos en las duras faenas del campo. A pesar de que la luna brillaba con toda su majestad en lo alto del cielo, el espeso ramaje de los mangos, ceibas y aragüaneyes no permitía que la luz iluminara el camino, sumiéndolo en una penumbra que dificultaba más el desplazamiento de la vieja y destartalada camioneta que se abría paso con destino a un rancho encajado en una parte de la sabana.

Melchor conducía el vehículo haciendo grandes esfuerzos por mantenerlo en el camino a pesar de los brincos y patinazos que hacían que, a cada sacudida, los tres ocupantes tuvieran que aferrarse al asiento para no salir despedidos.

—Solo seis pañales pude conseguir —dijo Gaspar decepcionado—; son de tela para que se puedan volver a usar.

Gaspar tenía grabada en su memoria la odisea que

tuvo que realizar buscando pañales desechables a precio solidario. Los más baratos se llevaban buena parte de una quincena de su sueldo como vigilante en la alcaldía de Zaraza. Tenía mujer y cuatro hijos y, a pesar de las modestas condiciones de vida, se sentía como un rey en comparación con José y María. Después de mucho buscar, terminó comprando seis pedazos de tela blanca de los que siempre se habían usado en lugar de los desechables. De todos modos, son un invento para ricos. A pesar de todo, se sentía feliz de haber contribuido a remediar en algo las necesidades de un recién nacido.

Por su parte, Baltasar tenía la certeza de que la ropa que le llevaba le serviría por lo menos durante los tres primeros meses de vida. Se sentía contento al poder obsequiarle algo que lo abrigara del frío de las noches del llano: dos franelitas y un calzón.

—Lindo se va a ver el chamito —dijo sonriendo de puro gusto—; ojalá pudiera retratarlo.

Baltasar también se sentía rey, pero del buen gusto. Era pintor de brocha gorda y en aquel pueblo, en donde las casas se deterioraban continuamente por el calor del verano y la humedad del invierno, nunca le faltaba trabajo. Él sugería a los clientes el color adecuado de la pintura para que no desentonaran con las casas vecinas. Indudablemente era el rey del buen gusto.

La camioneta dio un brinco y los tres ocupantes casi salieron despedidos de sus asientos. La destreza de Melchor logró enderezar el vehículo y colocarlo de nuevo en el camino. Melchor también se sentía rey: rey de la mecánica. Su taller era un modesto garaje situado frente a la plaza. Paredes de bloque encaladas y techo de zinc con tantas goteras que, cuando llovía, aprovechaba para lavar los carros que remendaba. Su mayor entrada consistía en la reparación de los vehículos de la alcaldía, de la policía y los de algunos hacendados vecinos. No era un hombre próspero pero pudo darse el gusto de llevarle al niño dos potes de leche en polvo y tres biberones. El vehículo que conducía estaba viejo pero él, con sus mágicos conocimientos de la mecánica, había logrado parapetearlo y en él se desplazaban aquellos tres reyes con destino al conuco de José y María.

Dos horas duró la travesía hasta que llegaron a una explanada que conducía a una pequeña loma donde estaba el conuco sembrado con unas pocas matas de plátano, algunas de maíz y unas cuantas yucas, a cuyo alrededor correteaban gallinas picoteando la tierra. El rancho estaba débilmente iluminado por la luz de una lámpara de keroseno que hacía que se proyectaran sombras de aspecto misterioso.

Se bajaron presurosos de la camioneta y entraron al rancho. Era admirable aquella joven pareja. María yacía recostada sobre una colchoneta vieja, algo rota pero muy limpia. José la atendía con la solicitud de un esposo enamorado y de un padre amoroso. Cuando aquellos tres hombres que se sentían reyes entraron, tomó al niño en sus brazos y lo mostró con el rostro lleno de orgullo.

—Palo de hombre —murmuró Melchor en voz baja temiendo despertarlo—; ese muchacho es un palo de hombre.

—Dios lo bendiga —rogó Baltasar desde lo más profundo de su corazón.

Gaspar se limitó a acariciar suavemente la cabecita del recién nacido mostrando una amplia sonrisa.

De la parte trasera del rancho apareció la señora Rosa secándose las manos con una toalla, que una vez había sido blanca pero que estaba cuidadosamente limpia. Doña Rosa tenía en su historial muchos partos. Cuando María nació, fue ella quien la trajo al mundo e incluso prestó sus senos para alimentarla. Era una mujer menudita, entrada en años y con una gran experiencia en aquello de traer críos al mundo.

—Les voy a traer un guayoyo pa' que se calienten el cuerpo —dijo con la satisfacción de haber cumplido su labor. Antes de ir a la cocina preguntó, dando a entender que su trabajo había concluido:

—¿Y qué nombre le van a poner?

José, el conuquero y María, su mujer, respondieron casi al unísono:

¡Jesús!

2

El niño crecía y se fortalecía lleno de sabiduría
y la gracia de Dios estaba con él.
—Lucas 2:40

El conuco de José era su modo de vida. Las seis matas de plátano habían cargado bastante; la yuca estaba lista para recogerla y las de maíz tenían hermosas mazorcas. José se levantaba con el sol, se calzaba las alpargatas y, machete en mano, se enfrentaba a la dura tarea de cortar el monte, bajar los racimos de plátanos, sacar la yuca y recoger las mazorcas, después de entretener el estómago con un guayoyo con papelón. Cuando el hambre apretaba, disponía de una arepa con queso que María sacaba del budare. En la tarde contaba la cosecha, la empacaba en huacales y la llevaba al rancho. Al día siguiente montaba la carga sobre el burro joven y fiel y partía hacia el mercado del pueblo donde vendía el producto de su conuco.

Mientras tanto, María se ocupaba en los quehaceres domésticos, mientras el pequeño Jesús permanecía a su lado ayudándola en las tareas más sencillas. Su rancho era chico. Hecho de caña amarga y revestido de bahareque, mezcla de tierra, agua y paja de la cual estaba construida prácticamente más de la mitad de La Ceiba. Techo de palma y piso de tierra apisonada, tenía un solo ambiente. A un lado, una colchoneta vieja en la cual José y María acariciaban sus sueños y a otro lado, un pequeño catre donde Jesús comenzaba a soñar los suyos. A otro lado, una antigua cocina de keroseno de dos hornillas en donde María, a sus escasos dieciocho años, había logrado aprender lo que el estómago de un hombre de veintiséis años y un niño de siete necesitaban para vivir. Recostada a una pared había una silla sin patas, cubierta de un paño para disimular los agujeros con que el tiempo la había maltratado. Por puerta, una ligera cortina de tela.

María comenzaba el día con la salida del sol. Tras un ligero desayuno de arepa con requesón y un café, se ponía una corta falda que permitía mostrar sus piernas hermosas y juveniles, una mínima franela sin mangas y unas sandalias bastante usadas. Se veía hermosa. Tenía una cara perfecta adornada con dos lindos ojos negros azabache cuya mirada era la fascinación de cualquier hombre. Su figura mostraba la hermosura de su juventud y más hermosa aún se veía con el pelo recogido hacia atrás en cola de caballo. Con frecuencia José detenía su labor y se quedaba absorto mirándola enamorado.

El pequeño Jesús observaba con atención cómo su padre realizaba sus labores y cómo su madre cocinaba, lavaba la ropa en una ponchera y aseaba el rancho con esmero. José le había construido un pequeño carro con una tabla y cuatro ruedas con el cual disfrutaba deslizándose por la tierra.

Un buen día María decidió que Jesús fuese a la escuela. Experimentaba dentro de sí una sensación que le decía que su hijo no sería conuquero, como su padre, sino que estaba llamado a un destino superior y fue así como ambos salieron rumbo a casa de la señorita Mercedes, que era la maestra del pueblo. En su casa, la señorita Mercedes recibía diariamente a seis chiquillos a quienes enseñaba a leer. Jesús aprendió rápidamente que la "a" es una vocal y la "b" una consonante. Aprendió con rapidez que una "p" y una "a" suenan /pa/ y una "m" y una "a" suenan /ma/. También, a escribir su nombre, a contar y hasta a sumar. La señorita Mercedes era una mujer piadosa; pertenecía a cuanta cofradía hubiese en el pueblo, incluida la de las hijas de María por lo cual también lo conectó con las alturas. El día de clases comenzaba a punta de padrenuestros y avemarías:

"Ave, ave, ave María.
Ave, ave, ave María."

Siete años más tarde, Jesús estaba listo para la educación secundaria. Fueron muchas las diligencias que

José tuvo que hacer para inscribirlo en el liceo. Este estaba a veinte minutos de camino del conuco, aunque luego se hizo más corto cuando José le regaló una vieja bicicleta que le costó el equivalente a dos huacales de plátano y uno de yuca.

En el liceo Jesús fue un estudiante brillante. Su inclinación por las ciencias humanísticas lo llevó a convertirse en líder entre sus compañeros.

—Jesús —le dijo una vez el profesor Rondón—; la filosofía no da para comer, las matemáticas sí.

Pero Jesús persistía en su vocación, la cual no le impedía ser el capitán del equipo de básquetbol. Un día un compañero puso en sus manos una guitarra y le enseñó a tocar. Un huacal más de plátano y otro de yuca costó una guitarra con remiendos de tirro, la cual le hizo ser más popular entre los compañeros y compañeras. Con ella, más de una vez hizo suspirar a Marielita, la compañera por la que sentía gran atracción.

Y así, concluyó el bachillerato ante el orgullo de José y María quienes mostraban el diploma satisfechos sin saber lo que estaba por suceder.

3

¡Ay de aquellos que niegan la justicia a los débiles
y quitan su derecho a los pobres de mi pueblo!
—Isaías 10-2

—Échate a la derecha, Claudio, que viene un motorizado pidiendo paso —dijo Ángela a su marido que estaba al volante de su Corsa.

—Qué vaina —fue todo lo que logró rezongar Claudio.

Una caravana se desplazaba con rapidez por las calles de la ciudad. Dos motorizados con sus mejores galas abrían camino a tres vehículos cargados de hombres armados hasta los dientes. Los seguía de cerca una limosina dentro de la cual iba el Presidente electo. Mas atrás, infinidad de vehículos repletos de soldados armados como si se tratara de un asalto y luego, los vehículos particulares pegados a la caravana para abrirse paso entre un tráfico pesado.

La caravana enfiló por la autopista, salió por el distribuidor de la avenida México y llegó al teatro Teresa Carreño. El sitio se encontraba atiborrado de gente. Presidentes de otros países, dignatarios, embajadores, cónsules y hasta un rey. El Presidente electo fue conducido a un escenario decorado con derroche de lujo el cual, lejos de la realidad, pretendía mostrar un país próspero y feliz. Los aduladores de turno corrían de un lugar a otro haciendo mil reverencias con la esperanza de escalar posiciones en el nuevo gobierno. Las ceremonias se sucedían una tras otra hasta que, al fin, el nuevo Presidente fue "coronado". Permaneciendo erguido, con la apariencia de un dios del Olimpo, extrajo de su chaqueta un grueso fajo de papeles.

—Prepárate para oír estupideces —comentó a su esposa uno de los ministros del régimen anterior— la misma vaina de siempre.

—Pues cálatelas y procura aplaudir, a ver si te toman en cuenta.

El Presidente leyó, habló, juró, prometió y casi hasta

lloró. Era el paradigma de la eficiencia, del buen sentido, del orador brillante. Pintó un país ideal, lleno de prosperidad, de felicidad; en fin, era el espejismo de la abundancia. Al finalizar, para demostrar un cúmulo de buenas intenciones, dijo rematando: "¡Manos a la obra!". Alguien murmuró por lo bajito: "¡Será manos a las sobras!".

Veinticinco días después, la situación fue muy distinta a la que pretendió mostrar el Presidente. La desastrosa situación de las finanzas públicas obligó al gobierno a subir el precio de la gasolina. Una explosión social sacudió la capital. El aumento en el precio de los pasajes golpeó el bolsillo de las masas y las protestas no se hicieron esperar. Una turba enfurecida tomó las calles y muchos negocios fueron saqueados; el ejército repelió la rebelión y dos días después había tantos muertos que el gobierno no tuvo más remedio que ocultarlos con descaro.

Ese fue el escenario que encontró Jesús a su llegada a Caracas.

4

Nadie enciende una lámpara
y la pone en un lugar oculto ni debajo del celemín,
sino sobre el candelero para que todos vean la claridad.
—Lucas 11:33

Jesús amaba a su padre pero no quería ser conuquero. José amaba a su hijo pero no quería que fuese conuquero. Fue así como un día habló con María y ambos decidieron que Jesús se iría a Caracas, con unos parientes que habitaban una vieja casa por los lados de Propatria. Si ya había terminado el bachillerato, valía la pena intentar inscribirse en la universidad. Había sido un estudiante brillante y sus calificaciones lo hacían apto para entrar con pocos problemas en ella.

Así fue como Jesús se desprendió de su vieja bicicleta, tomó su guitarra y unos pocos bolívares que le dio José y, acompañado de sus padres, se fue a la estación por donde pasaba uno de esos autobuses que surcan los caminos de los pueblos y, con gran esfuerzo, llegan a su destino. El viaje se hizo interminable y, con la espalda adolorida, llegó por fin a Caracas. Al bajar del autobús lo que vio le heló la sangre. Gente que corría de un lado a otro tratando de escapar de algo que él no sabía qué era. Un grupo de personas pateaba la puerta de un supermercado procurando echarla abajo; otro grupo, armado con palos y cabillas, rompía las vidrieras de una tienda de zapatos y cargaba con estos con gesto triunfal. Cuando la puerta del supermercado cedió, la turba entró en el interior del local; de allí salían llevando toda clase de víveres, hasta que el local quedó devastado. Los pasajeros que llegaron con Jesús corrieron a guarecerse en donde mejor podían, pero Jesús, con su guitarra y su maleta, se quedó parado sin saber qué hacer. Desde donde estaba vio cómo la policía repelía aquel saqueo con peinillas y bombas lacrimógenas. Aquello era algo desconocido para aquel muchacho provinciano que no tenía ni la más remota idea de lo que eran los gases que comenzaban a irritarle las mucosas.

—Tápese la nariz, m'hijo —le aconsejó un anciano

viendo el desconcierto del joven—, y procure no respirar hasta que esté bien lejos de aquí.

Jesús tomó como bueno el consejo y corrió como pudo con su guitarra y maleta. Ya a mejor resguardo, le preguntó a una muchacha, que corría asustada, por la parada de las camionetas que hacían la ruta a Propatria y veinte minutos después se plantó frente a la casa de bloque descubierto N.° 5.

—M´hijito; pero qué grande estás —dijo la tía Josefa al abrir la puerta—; eres ya un hombre hecho y derecho.

—La bendición tía; espero no molestarla —fue todo lo que dijo Jesús.

—Nada de eso, m´hijo; ven, pasa que ya tengo tu cuarto listo. Acomódate y no vayas a salir. Las cosas están revueltas hoy.

—Ya me di cuenta. Cuénteme qué sucede.

Por la ventana Jesús veía a la gente correr. Muchos llevaban en sus manos toda clase de objetos: televisores, neveras, colchones y especialmente comida. Un hombre hacía grandes esfuerzos por cargar una gran pieza de res. Los disparos se oían por doquier y muchos cayeron frente a los ojos del muchacho.

—Ay, m´hijo; los del gobierno prometen y prometen y las realidades son otras. Durante la campaña electoral vienen a tu casa, besan a las viejas, cargan a los bebés y luego todo se vuelve sal y agua. Ya estamos hartos de promesas incumplidas. Son una vaina.

El muchacho comenzó a darse cuenta de que la realidad en la capital no era la inocencia campestre del conuco. Su mente sufrió el impacto de que en La Ceiba había dejado el mundo de Dios, pobre pero de Dios. En su cerebro bullían las ideas y tenía que ordenarlas, ponerlas en su justo lugar, darles el sitio que correspondía a cada una, y analizarlas. Por eso había que obtener un conocimiento profundo de la dimensión del hombre, de su relación con la sociedad y con Dios. La señorita Mercedes le había enseñado que Dios es un ser perfecto, que ama al hombre y que quiere su felicidad. Recordó que un día le había leído un salmo que decía: "Dios es mi pastor, nada me falta. Por verdes prados me apacienta; aunque vaya por valles tenebrosos no temo ningún mal. Para terminar; de gracia y dicha me circunda todos los días de mi vida".

¿Y entonces? En la calle no vio "verdes prados" sino el cemento manchado de sangre y gente con la mirada llena de odio y falsedad. Se tumbó en su cama; mañana sería otro día. Tendría que ir a la universidad al primer día de clases en la Facultad de Humanidades. Cerró los ojos y se quedó dormido.

5

Por aquellos días apareció Juan el Bautista diciendo:
Convertíos porque está cerca el reino de Dios.
Yo soy la voz que clama en el desierto.
—Mateo 3:1-2

Jesús llegó a la Plaza Venezuela y tomó camino hacia la ciudad universitaria. Por la calle iban los estudiantes con sus libros bajo el brazo. Las muchachas mostraban curvas tentadoras bajo un ceñido *blue jean*. Jesús venía del campo en donde la figura femenina se desdibuja bajo el ropaje campesino; sin embargo, en la ciudad... "¡Dios mío!, qué hermosas se ven; qué bien se maquillan; cómo se arreglan el pelo; qué modo tan tentador de caminar".

Al pasar la caseta de vigilancia enfiló hacia la plaza del rectorado en donde había un grupo de personas concentradas. Sobre el techo de un automóvil estaba parado un hombre que hablaba a la multitud en forma enfática.

—¿Qué pasa? —preguntó a una pareja que se dirigía al sitio.

—Es Juan, un visionario iluso.

—¿Cómo es eso?

—Es un dirigente social; un luchador social, como le dicen.

—¿Estudia aquí en la universidad?

—Él dice que estudia ciencias sociales y es un buen orador.

Jesús caminó hasta quedar cerca de Juan en el momento en que este, con un gran vozarrón, exclamaba:

—Hay que cambiar de actitud, no seamos ciegos; Dios nos dio los ojos para que veamos y los oídos para que escuchemos. Abramos pues los ojos para ver lo que pasa en nuestras narices. No seamos sordos, abramos también los oídos para oír el clamor de los necesitados.

Jesús, al verlo, se quedó mirándolo extasiado. Era un hombre que pisaba la treintena; alto, fuerte como un roble. Sus ojos estaban llenos de ira y refulgían como fogata. Vestía un pantalón raído de color azul y calzaba zapatos deportivos viejos. No llevaba medias y su camisa salía desaliñadamente fuera del pantalón. El pelo lo tenía recogido hacia atrás y atado con una liga.

—Ustedes han presenciado lo acontecido ayer. Miles de dólares derrochados en una toma de posesión mientras hay seres que duermen en la calle, los hospitales se desploman de mengua y las escuelas están destartaladas.

—Púyalo —arengó uno de los oyentes.

—¿De qué partido eres? —preguntó otro.

—No pertenezco a ningún partido político; soy solo otra voz que vuelve a clamar en el desierto. Solo les pido que abran sus corazones para que tomen conciencia de la gran injusticia que hace sucumbir nuestra sociedad.

La fogosidad de su verbo y su imponente figura inspiraba respeto en los presentes y Jesús no escapaba a esa sensación. Exhausto, Juan bajó de repente la mirada y se encontró con la de Jesús. Calló el verbo, vibró el músculo y sus ojos penetrantes contrastaron con la dulzura de aquella mirada provinciana que estaba acompañada de una pícara sonrisa. De un salto bajó a la calle y se plantó frente a Jesús, le puso las manos sobre los hombros y le dijo:

—Ven, acompáñame.

Se alejaron juntos por la calle que lleva a las aulas de clase y en una de ellas, vacía, se sentaron uno frente al otro. Juan sabía que no tenía más tiempo; que sería la única oportunidad de hablar con aquel muchacho que, sin saber por qué, su corazón le decía que era el elegido. Jesús, por su parte, comenzó a presentir algo extraño, algo nuevo que se le avecinaba; y todo en su primer día en la capital. Sintió algo parecido a una voz que lo llamaba a un destino que aún no lograba entender del todo.

—¿Cómo te llamas? —preguntó ansioso.

—Jesús —respondió el otro.

—Amigo; va a llegar el día en que todos los senderos se enderezarán y todos los barrancos serán rellenados, porque la ira de Dios no tendrá límite. Ya lo dijo Isaías: "Ay de aquellos que dictan leyes inicuas y de los que escriben sentencias injustas que niegan la justicia a los débiles y quitan su derecho a los pobres". La justicia de Dios será un metal al rojo vivo y no tendrá compasión con los hipócritas.

—¿No tendrá compasión? —se interesó Jesús—. Dejaría, entonces, de ser perfecto y la perfección es uno de sus atributos. Si el Señor es infinitamente misericordioso, su justicia tendrá que estar impregnada de amor y compasión. Todo el que transgreda las normas de la ética y la moral tendrá el castigo de los hombres; pero el Altísimo no es un castigador implacable y rencoroso.

—Yo predico contra aquellos que se enriquecen a costa del erario público —insistió Juan—; contra los que hipotecan el país para su propio beneficio haciendo creer que luchan por mejores condiciones de vida para el pueblo; contra los que han hecho de la religión un centro de poder y que han inventado ostentosas ceremonias con las que pretenden reverenciar a Dios; contra los que se las dan de humildes y en privado llevan una vida regalada. Ya alguien, hace mucho tiempo, los llamó raza de víboras.

—En eso te doy la razón —opinó Jesús—; yo mismo he sido testigo de tal proceder.

—Indigna ver la pobreza en la cara del hermano —acentuó Juan—. Los cerros saturados de ranchos rodeados de basura maloliente; niños que duermen sobre cartones e indigentes que hurgan la basura buscando qué comer, mientras otros llevan una vida dispendiosa a costa de la explotación del necesitado. Hay que enderezar los caminos hacia Dios porque su reino está cerca.

—El reino de Dios no está cerca —agregó Jesús—; está ya entre nosotros, en cada uno de los que asumamos el reto de tratar, por lo menos, de cambiar las estructuras que agobian al necesitado.

Repentinamente ambos callaron; se miraron fijamente porque algo presentían. Al aula entraron tres de los seguidores de Juan con cara de alarma. Juan se levantó y, poniendo una mano en el hombro del otro, señaló a Jesús diciéndoles:

—Este tiene capacidad de vuelo alto; el destino lo ha escogido para algo superior —y le dio un abrazo.

En ese momento, una luz deslumbró los ojos de Jesús y el entendimiento brotó en su alma. Sintió algo desconocido dentro de sí. En su cerebro ardió la llama de un candil y en sus oídos experimentó un ruido extraño, como el revolotear de las alas de una paloma. Jesús bajó la mirada y dijo:

—Dios mío, ¿por qué yo?

Los que presenciaron aquello no salían de su asombro hasta que uno de ellos, reponiéndose de la impresión, se atrevió a hablar:

—Escóndete Juan; la policía está en las calles y te anda buscando.

De un salto Juan salió y tomó la vía de Las Tres

Gracias. Todo fue inútil. Al salir fue rodeado por dos patrullas. Los agentes se lanzaron encima del hombre y, a empujones, lo hicieron entrar en uno de los vehículos:

—Raza de víboras —gritaba Juan—; ya el hacha está puesta a raíz de los árboles y todo árbol podrido será derrumbado y convertido en leña.

La patrulla partió con su carga humana mientras Jesús, llorando, vio cómo se alejaba.

Dios mío, ¿otra vez? —dijo bajando la mirada con humildad.

6

Pero Herodes el tetrarca,
censurado por Juan a causa de Herodías
y por todas las maldades que había cometido,
encerró a Juan en un calabozo.
—Lucas 3:19-20

Las oficinas centrales de la Policía del Estado siempre tenían una actividad abrumadora. Ahí llegaban no solo los transgresores de la ley, sino también los que el Gobierno consideraba peligrosos para sus intereses.

El Director era un hombre de mediana estatura, militar retirado y experto en todas las artimañas policíacas que eran el terror de los detenidos. Tenía su oficina en uno de los pisos superiores del edificio. Esta estaba dominada por un gran escritorio sobre el cual se amontonaban papeles firmados y por firmar. El destino de muchos de los detenidos yacía allí, sobre el escritorio, confundido en un rimero de carpetas y papeles. Tres teléfonos y una computadora dejaban ver la actividad de aquel hombre, del cual dependía la seguridad del Estado. A un lado, un portalápices lleno de bolígrafos y lápices y, para rematar, una gran fotografía del Presidente de la República con cara de sabio y pose de prócer, complemento obligatorio en todas las oficinas de la administración pública. Los agentes del orden entraban y salían del despacho con una actividad febril.

—¿Qué pasó con el agitador? —preguntó el Director al Jefe de Operaciones.

—A ese loquito del carajo ya le pusimos las manos encima. Está abajo, listo para ser interrogado —contestó el oficial acariciando una nueve milímetros que portaba orgulloso en la cintura.

—Déjenlo un buen rato abajo. No le den de comer ni de beber para que se le quiebre lo impetuoso. Yo les aviso cuándo lo deben subir.

El Director se arregló la corbata color naranja de Giorgo Armani que combinaba escandalosamente con el traje azul de Gianni Versace recién adquirido; encendió un cigarrillo y se sentó en el sillón de cuero dispuesto a atender otros asuntos mientras le quebraban el ímpetu a Juan. Tres largas horas tuvo que esperar el detenido para que lo llevaran a la sala de interrogatorios que estaba en el sótano del edificio y solo contaba con una mesa, tres sillas y una lámpara. Con las manos esposadas a la espalda introdujeron a Juan en la sala y, de inmediato, entró el Director con su cigarrillo en la boca seguido del interrogador, experto en estas lides de hacer confesar a los detenidos lo que nunca habían hecho, lo que nunca habían visto y lo que nunca habían oído.

—Bien carajito —bramó el interrogador—, ¿qué tienes que contarnos?

—¿Sobre qué? —preguntó Juan haciéndose el desentendido.

—Cómo que sobre qué, ¿te vas a hacer el güevón? —gritó el oficial dando un puñetazo sobre la mesa.

—¿Sobre qué? —volvió a preguntar Juan—. Pregunta y yo respondo.

—A mí no me tutees, carajo, y no te la des de sabroso. ¿Qué es lo que andas pregonando en contra del Gobierno?

—Yo solo grito la verdad a los cuatro vientos —respondió Juan, cansado y asustado, pero entero. Sus ojos seguían fulgurando la ira contenida.

—Te la estás dando de sabroso, pendejo. Contesta mis preguntas o te muelo a coñazos. ¿Qué es lo que pregonas a los cuatro vientos?

Juan comenzó a hablar lentamente sin mirar al interrogador.

—La grandeza de un gobernante no se tasa por el boato de ceremonias ostentosas ni por hablar vaguedades sin sentido que nadie entiende; ni por narcotizar al pueblo con promesas que de antemano sabe que no podrá cumplir, ni por viajar a otros países a hacer pactos que todos los firmantes olvidarán a su regreso.

Un puñetazo se estrelló contra el fuerte estómago del prisionero. Una mueca de dolor desdibujó sus labios y sus ojos se inyectaron con una mezcla de ira y de sangre. Dos lágrimas de impotencia rodaron por las mejillas maltratadas, pero el hombre se irguió de nuevo con gran dignidad.

—Un gobernante honesto —continuó— no usa los dineros del Estado para su propio beneficio en detrimento de las necesidades más elementales de los desposeídos. No hipoteca a su país con préstamos que no devienen en bienestar colectivo.

Otro puñetazo se estrelló en la cara del prisionero sin que este pudiera evitarlo. Las manos esposadas a la espalda no le permitieron tapar el *jab* que, con el tino certero de un profesional, le propinó el interrogador.

—Hay un poder oculto detrás del trono —dijo Juan secándose con el hombro el hilillo de sangre que manaba de su boca—. El Presidente tiene una familia constituida pero es la querida la que maneja los hilos del poder. ¿No es barragana como la llaman?

Ante tal insulto, ya se disponía el interrogador a proseguir el castigo, cuando el Director lo detuvo:

—Basta, Sandoval, déjalo ya. Guárdamelo que ya veremos qué hacer con él —y apagó el cigarrillo en uno de los brazos de Juan.

Cuando el Director volvió a su oficina, encontró un mensaje de la Secretaría de la Presidencia. El destino de Juan estaba echado, no volvería de nuevo a la universidad.

Después de ver partir a Juan, Jesús sintió que él tendría la responsabilidad de seguir un camino similar, pero quizá hasta ese momento no comprendió todo lo que llevaba consigo la labor que tendría que realizar. Acompañado de los dos amigos de Juan, emprendió el regreso al recinto universitario.

Los años que siguieron a aquella experiencia fueron de estudio y preparación. Dos años pasaron entre asistencia a clases y preparación personal. Su cerebro se llenó de conocimientos sobre filosofía antigua, filosofía de la religión y filosofía política. Se involucró en los textos sagrados y le sacó el tuétano a las enseñanzas de los profetas. Las enseñanzas de los grandes pensadores fue la piedra fundamental sobre la que Jesús construyó todo el cúmulo de sabiduría que engrandecería su espíritu y reconfortaría su vida de estudiante pobre.

Días después, los acontecimientos se sucedieron con rapidez vertiginosa. Un movimiento armado, sin éxito, pretendió usurpar el poder constituido y los líderes de la asonada fueron detenidos y terminaron en la cárcel. El Presidente salió airoso del intento pero fue acusado de rapacería y terminó siendo destituido y enjuiciado. Curioso final para el hombre que, un día, se coronó con bombos y platillos.

—Bien pendejo —dijo Jesús a uno de sus compañeros— el que crea que la soberbia prevalece sobre la humildad. No es grande el hombre que figura sino el que hace, el que proyecta, el que dirige con eficiencia y probidad.

El tiempo se fue con rapidez; un nuevo personaje se sentó en el trono presidencial y las buenas intenciones fueron a dar al sitio de siempre: al basurero. Desde el poder se promovió la quiebra de varios bancos con la natural consecuencia de la pérdida de trabajo de muchos ciudadanos. Como de costumbre, los pobres se quedaron y los ricos se fueron. El endeudamiento del país llegó a límites exorbitantes y el anciano Presidente era manipulado a su antojo por el entorno palaciego.

Un buen día Jesús recibió la noticia: Juan había

muerto en la cárcel. ¿Murió simplemente o lo mataron?... ¿cómo?... ¿de qué forma? En ese mismo instante supo Jesús que su vida tomaba un rumbo definitivo. Salió del recinto universitario por la entrada principal. ¡Su hora había llegado!

7

Luego Jesús fue conducido por el espíritu al desierto para ser tentado por Satanás.
—Mateo 4:1

Aquel sábado el cielo mostraba un color azul cerúleo y las nubes eran escasas. El sol mañanero salió, como de costumbre, por el este de la ciudad y sus rayos dorados cegaban la visión a los conductores que se dirigían por la autopista en sentido oeste-este. La montaña que domina la ciudad mostraba toda la majestuosidad de su belleza.

Jesús pensó: "El Ávila es una montaña llena de misterio; sus colores varían de un día a otro y las sombras que proyecta nunca son iguales en la mañana que en la tarde". Aquel espectáculo incentivó en Jesús el deseo de disfrutar la experiencia de subir aquel cerro en donde el ambiente es propicio para entrar en contacto con el insondable misterio de la naturaleza; allí podría oír el llamado que desde hace tiempo dominaba su cerebro.

Se puso una bermuda color gris oscuro, una franela blanca sin mangas y unos zapatos de goma muy usados y se amarró la frente con una bandana. El pelo largo se lo ató con una liga, salió a la calle en busca de un autobús que lo dejara en plaza Altamira y emprendió el camino hacia el norte en procura de la entrada a la montaña. Comenzó a subir el trayecto empedrado hasta llegar al camino de tierra. Acostumbrado desde su niñez a enfrentar caminos pedregosos, fue subiendo la ruta llena de curvas que se hacía más empinada. Uno de esos trayectos terminaba en una curva que daba inicio a otro tramo de subida. Al llegar a la curva y doblar a la derecha, se encontró de frente con un hombre que estaba sentado en una piedra a un lado de la vía. Al verlo, el hombre se puso de pie y lo miró fijamente. Jesús le pasó por un lado diciéndole un cortés "¡Buenos días!", pero el hombre lo tomó suavemente por un brazo y con una amplia y desagradable sonrisa le dijo: "¡Hola!".

Jesús se detuvo.

—¿Nos conocemos?

—Tal vez —contestó el hombre—, ¿vienes solo?

—Así es —respondió Jesús.

—Pues subamos juntos.

Y juntos emprendieron de nuevo la subida. A Jesús no le gustaba la compañía de aquel hombre. Sus ojos eran de un color negro profundo y su mirada penetrante. El pelo lo tenía enmarañado y pegajoso y el sudor que manaba de su piel por el esfuerzo del ejercicio despedía un desagradable olor a cobre. Vestía franela negra y bermudas rojas de muy buena marca y calzaba zapatos deportivos Nike.

Recorrieron el camino hacia la explanada desde donde se domina todo el valle de la ciudad capital. Jesús escrutaba la distancia que la recorría en toda su extensión. Al oeste, las torres de El Silencio y el estadio universitario; al este se divisaba el aeropuerto y el parque del este. La autopista mostraba un sinnúmero de automóviles que se desplazaban en ambos sentidos. Se sentaron a descansar sobre la grama húmeda y el hombre al fin preguntó:

—¿Cómo te llamas?

—Jesús, ¿y tú?

—Tengo un nombre difícil de pronunciar pero mis amigos, por cariño, me dicen Satanás.

Jesús bajó la mirada; una expresión de temor que trataba de ocultar apareció en su rostro, la respiración se hizo profunda y un ligero temblor recorrió su cuerpo. En fracciones de segundo Jesús logró descifrar el misterio de su existencia. Eran las dos de la tarde y no había ingerido alimento desde que había salido de su casa. El hambre y la sed lo agobiaban. Percibió que iba a ser tentado por el maligno, pues la tentación está implícita en la vida del hombre; sin embargo recordó el salmo: "Dios es mi luz y mi salud. ¿A quién he de temer?".

Satanás adivinó por dónde podía atacar y le preguntó:

—¿Tienes hambre?

—Mucha —terció Jesús.

—Eso no es problema; ven, subamos un poco más.

—¿De qué hablas? —pregunta Jesús.

—Ya verás. Vamos a comer de lo lindo.

Subieron un tramo más de la montaña hasta llegar a una explanada en donde varios excursionistas descansaban y otros se dedicaban a explorar los hermosos parajes desde donde se apreciaba parte de la ciudad. Sobre la grama, se veían varias mochilas seguramente llenas de sándwiches y refrescos.

—Observa —dijo Satanás señalando una mochila azul recostada de un arbusto—; allí está nuestro almuerzo.

—¿Qué piensas hacer? —preguntó Jesús adivinando sus intenciones.

—Yo nada; eso lo harás tú. Acércate con disimulo y, cuando su dueño se descuide, ya sabes qué hacer.

Jesús lo miró retador a los ojos.

—¿Crees que por hambre voy a ceder a la tentación? Recuerda que "no solo de pan vive el hombre sino de toda palabra que sale de la boca de Dios".

—Espera que el hambre te apriete los sentidos a ver si con la palabra de Dios podrás saciarla.

—Yo no he dicho tal cosa —aclaró Jesús—; el pan es necesario para subsistir, pero en estos momentos necesito de lo otro.

Satanás sonrió decepcionado y se sentó a jugar con la yerba. Jesús se asomó al barranco a la orilla del camino y posó la vista sobre el valle. Entre el ramaje de los árboles se distinguía la cúpula de la iglesia y sintió como si estuviese posado en ella buscando una repuesta contundente a las dudas que lo agobiaban. Sin embargo, lo que percibió fue el olor de aquel hombre a sus espaldas. Al volverse observó a Satanás que se había colocado a su lado. De uno de sus bolsillos extrajo un pequeño sobre y se lo mostró a Jesús.

—¿Quieres?

—¿Qué es eso?

—Polvo... y del bueno. Te hará sentir en la gloria y de paso te mitigará el hambre.

—Satanás; no insistas en ponerme a prueba —respondió Jesús con firmeza—. La gloria falsa y efímera no llena el corazón del hombre. Déjame en paz.

Pero Satanás terció:

—Pues yo también vuelvo a ofrecerte dinero. Eres un pobre diablo que no tiene con qué sustentarse bien; vives en una casa que parece una pocilga al lado de la mansión que yo puedo darte. No tienes trabajo y no puedes darte los buenos gustos de la vida: buena comida, buena bebida, dulces placeres que hacen que la vida del hombre sea digna de vivirla. No tendrás que trasladarte en autobuses incómodos; tendrás un auto de lujo, un Mercedes, un BMW, cualquiera; el que quieras, puedes escoger.

Jesús lo enfrentó:

—No seas mentiroso, Satanás; realmente eres es el rey de la mentira; siempre has sido eso. Ya han sido muchos los que se han arrodillado ante ti para conseguir por cualquier medio llenar sus bolsillos y ejecutar las más viles acciones. A mí no me vas a embaucar, porque el reino de mi corazón y de mi mente no es de este mundo, en donde reina el odio, la violencia y el despotismo. Yo pertenezco al mundo del amor.

Y Jesús le remató:

—¡Vete Satanás!, mi corazón solo espera discernir la voluntad de Dios.

—Muy bien —terminó el demonio—; me voy, pero te prometo que volveremos a encontrarnos.

Con una sonrisa desagradable y el olor a cobre de su sudor, dio la vuelta y emprendió el camino de regreso. Desde arriba Jesús vio cómo bajaba lentamente hasta perderse en un recodo del camino.

De pronto llegaron siete jóvenes excursionistas que venían bajando y, al ver a Jesús, se detuvieron:

—Hola, ¿vas de regreso? —preguntó uno de ellos.

—Sí.

—Vente con nosotros. Si tienes hambre aquí tenemos sándwiches y refrescos.

Jesús comió y bebió con avidez hasta saciar su hambre y su sed y bajó de nuevo a la ciudad acompañado por aquellos siete compañeros. Allí tomaría el camino definitivo.

CAPÍTULO SEGUNDO

TIEMPO DE MISIÓN

I

Venid conmigo y os haré pescadores de hombres.
—Mateo 4:19

Después de su encuentro con Satanás en lo alto de la montaña, Jesús bajó a la ciudad y se fue al litoral buscando otro ambiente que le hiciera aclarar las ideas. El desolador panorama de la ciudad le hizo sentir una mezcla de rabia y de dolor. Hacía poco que un nuevo gobierno había tomado el poder con la gran aprobación de las mayorías. Las promesas del nuevo gobernante llenaron de esperanza a los necesitados e incluso a una gran mayoría de la clase media; pero como siempre, estas fueron a caer al vacío y las buenas intenciones, al lugar de siempre: al olvido. Alrededor del Mandatario se formó una camarilla que, en lugar de ocuparse de los problemas reales del país, se dio a la tarea de consolidar un movimiento que traería más hambre, más desempleo y que acabó con las instituciones emblemáticas del país. Los poderes públicos fueron secuestrados y terminaron siendo sumisos a la voluntad del Gobierno en aras del interés de la supuesta revolución, copia inequívoca de otro sistema que se ha eternizado en un pequeño país del Caribe. Las arcas nacionales fueron vaciándose en beneficio de los incondicionales. El jefe del Gobierno logró sembrar el odio entre las clases sociales indisponiendo a pobres contra ricos, a ignorantes contra intelectuales. Los hospitales y las escuelas cayeron en una situación peor que la del pasado. Las medidas económicas adoptadas llevaron al país a una situación desesperada pues el control de divisas provocó una caída brutal de los insumos necesarios no solo para alimentación y salud sino para la producción nacional. Muchas industrias cerraron sus puertas y el desempleo llegó a límites desoladores. Muchos de los que tenían un buen empleo terminaron vendiendo comida en las calles. Las ciudades se llenaron de buhoneros; el centro de la capital rebosaba de delincuentes y de basura; la inseguridad llegó a extremos tan angustiantes que, cada fin de semana, los muertos superaban a los que caían en las guerras del Medio Oriente. La mediocridad y la marginalidad, en fin, se hicieron norma en el país. En este panorama desolador inició Jesús su misión en un escenario totalmente diferente. Sabía que tendría que seguir los pasos de su antecesor. Juan había sido un profeta y un profeta no es el que adivina el porvenir sino el que denuncia, confronta y critica sin temor. Había sido imponente y apasionado y así llevó a cabo su misión; pero a él le tocaría hacerlo con la mansedumbre y el sentido de persuasión. Así estaba escrito.

Decidió bajar a la orilla de la playa donde otros aires le ayudarían a limpiar sus pensamientos; se sentaría en ella mirando al infinito desde donde, seguramente, recibiría el soplo vital que le daría el impulso definitivo para cumplir con lo inevitable.

Caminó hacia la playa. El mar mostraba su vigor en blancas olas que reventaban en la arena llena de piedras. En el puerto se apostaban los pescadores con sus botes llenos de pescado. En uno de ellos, blanco, sucio, con una raya roja, estaban dos de ellos descargando su mercancía. Jesús se les acercó y les buscó conversación.

—Buena pesca. ¿Qué clase de pescado es?

—Dorados y carites —respondió uno de ellos.

—Todavía no están a la venta —apuntó el otro con demostración de mal humor.

Jesús disponía de algún dinero producto de la ayuda prestada a estudiantes poco aventajados. Con las clases que impartía en la vieja casa de la tía Josefa y otras veces a domicilio, completaba la escasa mesada que José le enviaba desde La Ceiba. Sin embargo respondió:

—No estoy interesado en los peces; me interesan más los hombres.

El fortachón levantó la vista intrigado y le clavó una mirada interrogadora. Era un hombre de contextura fuerte, con la piel curtida por el sol y de carácter irascible.

—¿Cómo te llamas? —le preguntó Jesús.

—Simón Pedro.

—Es un trabajo duro eso de estar todo el día pescando bajo el sol. ¿Obtienes buenas ganancias?

—Con esta jodida situación apenas se sobrevive —contestó Simón Pedro con un gesto de inconformidad—; aquí vienen los mayoristas y nos compran la pesca a precios irrisorios para venderla luego a precios exorbitantes y si no aceptas el que ellos te imponen toda la pesca se te pudre.

Era el comercio usurero de los propietarios de los grandes almacenes que llenaban sus bolsillos a costa del trabajo del que produce los bienes de consumo. Jesús pensó con tristeza en su padre. José, desde el amanecer, sembraba su conuco y cuidaba con esmero las plantas de plátano y yuca. Cuando ya estaban en sazón, recogía los frutos y llenaba los huacales cuyo peso maltrataba sus manos y sus hombros. El fruto de su trabajo lo llevaba al mercado y allí permanecía hasta el final del día luego de vender su cosecha. Otras veces tenía que entregarla a algún distribuidor por el precio que este fijaba. El caso de Simón Pedro no era distinto; era la inequívoca confirmación de que "los peces grandes se comen a los más pequeños". Los ricos existen porque existen los pobres; los poderosos han creado las desigualdades para su propio provecho y así el mundo ha funcionado desde su creación.

—¿Y por qué no empezamos a tratar de cambiar algunas cosas? —preguntó Jesús.

—¿Nosotros solos?

—No; vente conmigo y juntos buscaremos a otros —dijo Jesús—. ¿Quién es tu amigo?

—Es mi hermano Andrés —respondió Simón.

—Pues que se venga también y ya seremos tres.

—Pero... —titubeó Andrés.

—Vengan, yo les diré qué hacer —respondió Jesús con una de sus encantadoras sonrisas—; ¿tienen dinero?

—Algunos ahorros —respondió Simón.

—Pues vamos, que para luego es tarde.

Tomaron camino a la capital hasta llegar al centro. Allí se bajaron y atravesaron la plaza, llena de buhoneros y en donde la memoria del Libertador, cuyo busto preside, se enloda entre montones de basura y un caos generalizado. Se detuvieron ante dos vendedores ambulantes que ofrecían empanadas, refrescos y café. Realmente las condiciones higiénicas de lo que ofrecían no eran muy aceptables. Sobre un viejo banco tenían una cava de donde sacaban las empanadas. En el suelo, otra con los refrescos fríos y, al lado, un viejo envase con el café; sin embargo, el hambre no les permitía ser muy exigentes. También Jesús les buscó conversación. Los dos hombres eran parlanchines y simpáticos, con esa alegría chistosa tan caraqueña.

—¿Qué les ofrezco, amigos? Tienen cara de hambre —dijo uno de ellos.

—Mucha —contestó Simón con cara de pocos amigos—; queremos tres empanadas y tres refrescos.

—Entonces llegaron al mejor restaurante de la capital —y entregándolas, gritó con sorna—. Tengan que se acaban.

—Tengan —ofreció el otro hombre—; aprovechen que quedan pocas.

—¿Cómo te llamas? —preguntó Jesús.

—Santiago, a tu orden.

—¿Y tú?

—Juan, mucho gusto.

—¿Y dónde viven?

—Allá arriba, en el barrio, si es que compartir la pobreza y la marginalidad se llama vivir.

—¿Les gustaría venir con nosotros? Tendríamos mucho de qué hablar —contestó Jesús.

—¿Sobre qué? —preguntó Santiago.

—Sobre la buena nueva.

—¿Y eso, qué es? —preguntó Juan quien, por su extrema juventud, se veía algo desconcertado. No pasaba de los quince años, pero era un muchacho curtido en la calle y, por lo tanto, muy zamarro aunque encantador.

—Algo nuevo que debe ser muy bueno —le dijo Simón Pedro.

Santiago y Juan recogieron sus aperos de trabajo y así fueron cuatro los primeros acompañantes de Jesús. Con ellos subió las estrechas callejuelas que conducen a lo alto del barrio. La marginalidad dominaba a sus anchas en aquel barrio donde la pobreza muchas veces se convierte en miseria. El abandono y el descuido, por la indiferencia del Gobierno, se reflejaba en sus habitantes. Por sus aceras jugaban niños mugrosos, barrigones, abandonados a su suerte por padres irresponsables que muchas veces caían abatidos en los frecuentes ajustes de cuenta. Allí se topó con Felipe, plácido y realista, joven y buen mozo. Fue él quien le presentó a Bartolomé, hombre serio y soñador con una calvicie prematura a pesar de su juventud. Esa tarde se despidieron con el fin de encontrarse de nuevo al día siguiente y tomaron camino de regreso; pero al bajar se encontraron con un joven que, con una pistola en la cintura y acompañado por otro, le robaba el dinero a un vecino que subía por la empinada calle. Al ver al grupo que bajaba, el muchacho trató de disimular pero Jesús se le acercó.

—¿Qué haces? —le preguntó.

—Aquí rebuscando dinero —contestó el asaltante.

—¿Así? —preguntó Jesús señalándole la pistola.

—Es la forma más eficiente —contestó el

muchacho—. Y tú déjate de preguntas y dame todo lo que tengas.

Jesús vio la punta del arma frente a sus ojos, sintió un frío en el estómago, levantó los brazos y dijo:

—Tranquilo amigo, espera un minuto.

Sacó del bolsillo los escasos mil bolívares que tenía y se los entregó; el tipo bajó el arma y tomó el dinero.

—Bien —agregó Jesús—; vamos ahora a hablar.

Y así les contó la historia de un hombre que fue muy pobre, que no tenía donde dormir, que andaba descalzo por el mundo y que, sin embargo, solo habló de paz y de amor. A medida que hablaba, Mateo y Judas observaban detenidamente a Jesús y, sin saber por qué, en su cerebro se fundieron las imágenes del hombre que hablaba y del hombre del cuento. Algo sintieron en su interior que, al terminar el relato, hubo un silencio profundo.

—¿Ustedes creen que aquel hombre hubiese aprobado lo que están haciendo?

Ninguno contestó.

—No es manera de ganarse la vida —siguió Jesús—. ¿Cómo te llamas?

—Mateo —contestó el asaltante.

—¿Y ustedes?

—Tomás —contestó el encañonado temblando no se sabe si de miedo o de indignación.

—¿Y tú?

—En el barrio todos me conocen por Judas, no sé por qué. A nosotros nos llaman malandros y no sé si soy el peor.

—Vengan con nosotros; podríamos formar un equipo de básquetbol y, a la vez, enseñar buenas nuevas a los demás.

Mateo consultó con la vista a los otros dos, guardó la pistola y los tres se unieron al grupo. Esta vez Jesús y sus acompañantes terminaron de bajar del barrio y, con la promesa de encontrarse al día siguiente en el mismo lugar, cada quien tomó rumbo a su casa. Santiago y Juan invitaron a los pescadores a pernoctar en su casa.

2

Se maravillaban de su doctrina porque les enseñaba como quien tiene autoridad y no como los escribas.
—Marcos 1:22

La plazoleta del barrio estaba llena de gente cuando Jesús llegó. El *blue jean* que vestía lucía desteñido por el uso, aunque estaba esmeradamente limpio. Tenía puesta una franela azul con las siglas UCV en blanco y los zapatos que calzaba eran deportivos y estaban muy usados. El pelo lo llevaba recogido hacia atrás y amarrado con una goma y, sobre el hombro, su guitarra, vieja pero sonora. A la derecha se veían las callejuelas que conducen a las partes altas del lugar, llenas de casas con techos de madera y muchas otras con techos de zinc. En las calles, barrizales llenos de mugre y piedras. Los niños subían y bajaban descalzos jugando, sin estar conscientes de la situación en que vivían. Ahí sobrevivían a la pobreza seres humanos que pasaban padecimientos por la falta de servicios esenciales.

Jesús se sentó en un banco y comenzó a pulsar unos notas en su guitarra. Había aprendido lo suficiente para acompañarse cantando canciones de moda. Cantaba para él solo y cuando llegó a aquello de "... de los montes quiero la inmensidad / y del río la acuarela / y de ti los hijos que sembrarán / nuevas estrellas..." sintió que, al lado, se le había plantado Simón Pedro acompañado por Andrés. Fueron los primeros amigos en llegar. Luego llegaron Santiago y Juan, alegres y joviales, silbando una canción de moda. Felipe y Bartolomé arribaron acompañados de Mateo.

—¿Y Tomás? —preguntó Jesús.

—Está indeciso; con lo incrédulo que es, siempre está buscando complicar las cosas —dijo Felipe.

Se sentaron todos juntos y entonces Jesús tomó la palabra.

—Hace dos mil años, el Hijo de un carpintero fue conocido como el Hijo del hombre; poseía la elocuencia de un verbo nivelador y una gran agudeza para penetrar en la esencia del ser humano. Fue un maestro en eso de contar cuentos que encerraban una pedagogía sin límites. Su taumaturgia lo hizo un gigante entre los suyos; predicó la paz, el amor y la libertad. Sin embargo, desde entonces hasta hoy, el hombre ha llenado de lodo sus enseñanzas, ha pisoteado sus preceptos hasta el punto de que hoy podríamos concluir que aquel Hombre fracasó a pesar de la esencia de sus enseñanzas para llegar a Dios.

Sus compañeros escuchaban atentos recordando haber oído aquel cuento en las clases de catecismo en la escuela.

—Nadie hizo caso de lo que enseñó —dijo Simón con cara de desconsuelo.

Recordó Jesús:

“Salió a sembrar el sembrador y parte de la semilla cayó en el camino y las aves del cielo se la comieron...”.

Y luego agregó:

—El Hijo del hombre predicó la paz y la concordia. A diferencia de los egipcios, los mayas y los aztecas, predicó el culto a la vida y desechó el de la muerte. Sin embargo, después de su desaparición física, el hombre no entendió su mensaje. Sencillamente, al igual que las aves, se comieron las semillas.

Volvió a recordar Jesús:

“... otra parte cayó en el pedregal donde no había mucha tierra y enseguida brotó por ser la tierra poco profunda, mas el sol la agotó y por no tener raíces se secó...”.

—Fueron muchos —continuó Jesús— los que lo oyeron y recibieron con gozo su palabra, pero no tuvieron raíces suficientes para germinar. Fueron oportunistas, sus oídos se volvieron torpes, sus ojos se nublaron ante el esplendor del mundo y su corazón se embotó. Oyeron y no entendieron, miraron pero no vieron, fueron indiferentes ante el dolor de los necesitados y terminaron siendo egoístas, avaros y hasta despiadados. Fundaron doctrinas políticas que pretendían favorecer a las mayorías y terminaron implantando el terror, afianzando regímenes de fuerza con los que han oprimido por años a sus pueblos. Hubo épocas en las que, en nombre de Dios, se cometieron los más terribles desmanes contra el ser humano: la Inquisición, la esclavitud y la mal llamada evangelización, que pretendió imponer a la fuerza y a costa de muchas vidas un culto a Dios que Él nunca hubiera aprobado.

Otra vez recordó Jesús:

"... otras cayeron entre cardos, crecieron estos y las ahogaron...".

—También fueron muchos los que oyeron la palabra. Pero el esplendor de los siglos, el engaño de las riquezas y las ambiciones desmedidas brotaron y ahogaron la palabra. Fue difícil para ellos no sucumbir a la riqueza fácil y rápida, al disfrute del poderío y a la vida cómoda en menoscabo de los parias del país.

Y volvió a su memoria:

"... pero otra semilla cayó en tierra buena y dio fruto una, un diez por ciento, otras treinta, otras sesenta. Quien tenga oídos que oiga...".

—En cambio, hubo muchos que oyeron la palabra —concluyó Jesús— y dentro de su corazón guardaron el mensaje. Oyeron la doctrina, la entendieron y dieron muchos frutos. Sin embargo, a través de veinte siglos, es mucho lo que se ha desvirtuado el mensaje de aquel Carpintero que vivió en la pobreza y que, a pesar de ser un rey, nunca tuvo siquiera un título de príncipe. Aquel Hombre ha sido el más eminente de cuantos han pisado esta tierra y sin embargo jamás hubiera aceptado que se le tildara de "Su Eminencia". Si alguien le hubiese endilgado tal título, Él le hubiera contestado que el único eminente es Dios. No tuvo más poder terreno que el de su palabra certera y clarificadora. Nunca se constituyó en jerarca de la Iglesia que fundó y que, con el correr de los años, se ha desmembrado en diversas corrientes que, bajo su nombre, cada una pretende ser la verdadera seguidora de su palabra. Vistió solo una túnica y unas sandalias sin la pomposidad de vestimentas que rayan en lo ridículo. Hoy existen aristocracias sacerdotales que pretenden dictar dogmas para entrar en el reino de los cielos, sabiendo que esa potestad le corresponde solo al Altísimo. Yo les digo que no hay mayor esclavitud que la de los dogmas. Con ellos pretenden mostrar vastos conocimientos acerca del poder de Dios y quieren ser considerados como herederos de la tradición profética. Otros pretenden obligar a que el Espíritu Santo actúe cada vez que ellos lo soliciten y se adjudican el don de imponer las manos y hablar en jerigonzas que ni ellos entienden, diciendo que tienen el don de hablar en lenguas.

Al poco rato se había aglomerado una gran cantidad de personas que, curiosas por aquella extraña reunión de jóvenes, se acercaron a oír lo que un presunto líder hablaba a sus seguidores.

De pronto una pelota rebotó en uno de los escaños donde estaban sentados y fue a dar de lleno en la cara de Jesús. Este la tomó y buscó al dueño con la mirada. Ante él se plantó un chiquillo en busca de su pelota y más atrás se acercaron sus compañeros de juego.

—Bueno chamo, ¿qué pasó? —preguntó Simón Pedro siempre impetuoso—. Vayan a jugar con su mierda a otra parte.

—¿Qué pasa Simón? —preguntó Jesús con una sonrisa mirando a Simón Pedro—. Modera tu lenguaje delante de los niños. El mal uso de la palabra es siempre motivo de escándalo para ellos y "todo aquel que escandalizare a uno de estos pequeños, más le vale que le cuelguen al cuello una piedra de molino y lo hundan al fondo del mar". Sin embargo, el germen fecundo del escándalo lo tienen los niños en nuestra televisión, en la cual la vulgaridad, la violencia y el mal gusto se muestran a sus anchas. El sexo se degrada, la violencia se engrandece y la mediocridad se hace norma de vida. Por eso yo hoy les repito: "¡Ay del mundo por los escándalos! Tienen ciertamente que venir escándalos pero ¡ay del hombre por el cual ellos vienen! Hace dos mil años se les dijo: ¡Si tu ojo o tu boca te escandalizan, sácatelos y arrójalos lejos de ti!".

El grupo que oía a Jesús se fue haciendo más grande. Personas de todas las edades se acercaban a oírlo asombrados por su verbo claro y directo; pero en la Jefatura Civil de la parroquia, alguien entró muy apurado en la oficina del Jefe Civil.

3

Allí anidará la víbora,
allí pondrá, incubará y empollará sus huevos;
allí también se juntarán los buitres.
—Isaías 34:15

Este Eudoro Monasterios tenía dos años como Jefe Civil. Cuando optó por el cargo puso en su *curriculum vitae* que era abogado penalista con estudios de política exterior. Ni lo uno ni lo otro; fue impuesto por el partido de gobierno y allí se encontraba en la habitación que le servía de oficina, sentado en un viejo escritorio metálico matando el tiempo, con el consabido retrato del Presidente con banda presidencial y actitud de prócer detrás de él. Allí pretendía administrar justicia en su territorio, pero también administraba el dinero de la Jefatura en la proporción de cincuenta por ciento para gastos oficiales y el resto para su bolsillo. Esta era una casa vieja con paredes pintadas al aceite de un color azul chillón combinado con un blanco sucio. En la puerta, los policías lucían pistolas y rolos con los cuales intimidaban a cuantas personas pasaban por la calle. Ceñudos, prepotentes y mal hablados, consumían cajas enteras de cigarrillos hasta que les fuera encomendada alguna misión, la que cumplían con la eficiencia de una tropa de asalto nazi.

El oficial de policía entró en la oficina del Jefe Civil, se cuadró descuidadamente y dijo:

—Venga a ver, Doctor. En la plaza hay una reunión muy sospechosa.

El Jefe salió a la puerta, miró al grupo reunido en la plaza y observó detenidamente al orador. A pesar del disgusto que le producía cualquier situación que rompiera la monotonía del trabajo diario, no pudo evitar sentirse impresionado por la imponente figura de aquel joven que mantenía atrapaba la atención de los que lo oían. No le oyó levantar la voz ni lo vio gesticular al estilo de cualquier agitador político. Por el contrario, apenas podía escuchar su voz desde la puerta de la jefatura. Disimuladamente comenzó a acercarse al grupo evitando ser reconocido por alguien; se detuvo lo más cerca posible y se dispuso a escuchar en busca de alguna prueba para disolver la reunión. En ese momento Jesús continuaba:

—Por eso les digo, el que no se hace pequeño como uno de estos niños, no merece el amor de Dios.

—Este lo que está es hablando güevonadas —pensó Eudoro Monasterios.

Del público salió una voz:

—Cuídate, pana, que por aquí te están observando.

El Jefe Civil se sintió descubierto.

—Ten cuidado que, por aquí, grupos como este son mal vistos. Esos carajos son enemigos nuestros —le susurró al oído otro de los presentes, señalando con una mueca hacia donde estaba el observador. Jesús, que ya había adivinado la situación, miró de reojo y vio a Eudoro Monasterios que lo observaba. Tenía que ser alguien importante. Aquella chaqueta fina y la camisa unicolor bien combinada no podía ser de algún lugareño. Jesús levantó un poco la voz para que pudiera oírlo bien:

—Ten en cuenta que cada quien cumple con el deber que le ha sido asignado por Dios. A ellos los pusieron en sus cargos para mantener el orden; si se salen del camino justo y abusan de su cargo es porque sucumben a la tentación del poder. No hay que ponerlos a todos en un mismo saco, por eso les digo: "No juzguen para que no sean juzgados, porque con la medida con que midan serán medidos". El mandato del amor no admite la enemistad y todo el que alberga un mal sentimiento es porque sucumbe a la tentación del odio.

"Este como que no vive en este mundo", pensó Eudoro Monasterios.

—Por eso les vuelvo a recordar: "Ámense los unos a

los otros; hagan todo el bien que puedan hacer; traten a los demás tal como quieren ser tratados, porque si yo solo quiero a quien me quiere, ¿qué mérito tendré? Si solo le hago bien a quien me hace bien, ¿qué mérito tendré?".

"Este pendejo es inofensivo", pensó el Jefe Civil.

—Sin embargo, veintiún siglos han pasado desde que esto les fue enseñado y hoy el mundo está lleno de odio y al odio hay que combatirlo con las armas...

—¡¡Mierda!!... esto no me gustó —dijo Monasterios, dio media vuelta y regresó a la Jefatura.

—Agente, dígale a Tortosa que venga a mi oficina —le ordenó al agente de guardia.

El Chato Tortosa era el oficial de más alto rango en la policía del municipio. Era un hombre seco, astuto y mal encarado. Hacía un año que comandaba a la escasa policía de que disponía la Jefatura Civil y disfrutaba cuando tenía unos cuantos detenidos en la parte trasera de la Jefatura.

—Diga, Doctor —pronunció al entrar a la oficina.

—Tortosa: quiero que me le haga un seguimiento al carajito ese que está hablando allá en la plaza. Infiltre en el grupo al Chino Paredes vestido de civil —que ese tiene buenos ojos y buenos oídos— y que me mantenga informado de cualquier alteración del orden constitucional.

Tortosa salió de la oficina en busca del Chino con una sonrisa de satisfacción en la cara. Se sentía como un agente de la CIA.

—... con las armas del amor —concluyó Jesús.

4

Al ver a las multitudes, subió al monte, se sentó y, viendo a sus discípulos, comenzó a decir...
—Mateo 5:1-2

Temprano por la mañana, Jesús propuso a sus doce amigos ir de visita a otra parte de la ciudad. Quedaron en encontrarse en la redoma de La India y hasta allí fue a dar un nutrido grupo al cual se le fueron agregando otras personas deseosas de oír hablar a aquel joven que había logrado captar la atención de tanta gente. Jesús se sentó, tomó su guitarra y comenzó a pulsar las cuerdas tratando de hilvanar una melodía. Del grupo salió un hombre que portaba un cuatro y se le sentó al lado. Afinaron los instrumentos y comenzaron a cantar algunas canciones de moda. Joan Manuel Serrat y Gilberto Santa Rosa sonaban en la voz de ambos ejecutantes, cuando una muchacha se sentó temerosa al lado de Jesús. Vestía desaliñadamente, aunque en sus pies calzaba unos Adidas. Bajo su desaliño se adivinaba una gran belleza; sin embargo, sus ojos estaban enrojecidos y su cuerpo temblaba de miedo. Se acurrucó al lado de Jesús como queriendo esconderse de alguien. Jesús dejó de tocar y le pregunto qué le pasaba.

—La policía me viene persiguiendo, tápame para que no me vean.

Por delante de ambos se plantó un oficial de policía y trató de agarrarla por el brazo. Jesús se puso de pie y abrazó a la muchacha.

—¿Qué sucede, oficial? —preguntó al policía.

—Tengo que llevarla a la comisaría —respondió el policía.

—¿Y eso por qué?

—Droga, amigo, droga. A esta muchachita le tenemos la vista puesta desde hace unos días.

—¿Cómo te llamas? —preguntó Jesús a la muchacha.

María Magdalena —respondió temblando— y lo que dice este policía es mentira.

Varias personas del grupo comenzaron a opinar en apoyo al policía, cuando en un descuido la muchacha echó a correr y se perdió entre los presentes.

—Ya le echaremos el guante —dijo el policía y se fue de vuelta a la Jefatura.

—Agárrenla; se fue por aquella esquina —gritaban muchos de los presentes.

Jesús los increpó:

—¿Quién de ustedes no tiene algún cargo en la conciencia? ¿Quién de ustedes jamás se ha fumado un pito de marihuana aunque sea solo por probar? Quien no lo haya hecho, vaya tras ella y ayude a capturarla.

Las voces callaron y los que gritaban se sentaron de nuevo con una sonrisa de culpabilidad en el rostro. La gente seguía llegando a oír a aquel joven que, según decían, hablaba tan bonito.

Jesús se puso de pie y comenzó a hablar:

—Esa niña no ha infringido la ley pues no hay ninguna que diga que hay que tomar retaliación contra los consumidores. Lo de ella es una dependencia química curable. Los infractores son los que proveen el veneno para beneficio propio y en detrimento de los demás. Hay que comprenderla a ella y a tantos como ella que sufren el mismo mal. Por si no lo han oído, yo les digo: "Felices los misericordiosos porque cuando les toque, ellos también serán dignos de misericordia".

Jesús sintió que alguien se había sentado a su lado y se aferró a una de sus piernas. Bajó la mirada y se encontró con la de María Magdalena, aún asustada, temblorosa, en actitud sumisa y con los ojos llenos de lágrimas. Jesús se inclinó, la tomó por los hombros y le dio la más encantadora de las miradas, una mirada desconocida por aquella pobre muchacha. María lo miró y le dijo:

—Señor, soy adicta, ayúdeme, sé que usted puede.

—Jesús la miró con ternura, la abrazó y le dijo al oído:

—María, "tu fe te ha salvado". ¡Cúrate, porque yo quiero que te cures! —y la besó en la mejilla.

Ella rompió en llanto y lo abrazó temblorosa. Entonces Jesús se puso de pie y dijo:

—"Felices los que lloran su dolor porque ellos serán consolados". Muchos han caído en la tentación de las drogas pero otros sucumben a la de la soberbia y la prepotencia y juzgan a los demás minimizando su condición humana. Pues yo les digo: "Felices los mansos y los humillados porque ellos poseerán la tierra". Vean a esta pobre muchacha y no la juzguen con severidad; "no veas la paja que hay en el ojo ajeno, ve más bien el tronco que hay en el tuyo". Ella tomó un camino errado porque la vida la condujo a eso; ahora se ve perseguida por la policía porque la ven como una delincuente y no como una enferma dependiente. Entonces yo les digo: "Felices los que sufren persecución por la justicia porque de ellos es un Reino que está mas allá de nuestros ojos; felices los de corazón puro porque ellos verán a quien nos ve sin que nosotros lo sepamos; y felices los pobres porque de ellos es el Reino de Dios".

Escondidos entre la muchedumbre, a pocos pasos de Jesús, el Chato Tortosa le susurró al Chino:

—Este es un hablador de bolserías; pretende subvertir el orden público llenando las plazas de gente.

—Para mí lo que busca es convertirse en líder de algún proceso político —contestó el Chino—; este propaga una revolución rara.

Jesús adivinó la conversación, miró hacia donde estaban los dos hombres y dijo:

—No hay nada más inútil que una revolución; acaba con una clase y crea otra peor. Ninguna revolución ha procurado el bienestar de los desposeídos. Todas las revoluciones han creado una clase de burócratas en cuyo provecho se manejan las decisiones de estado.

—¿Ya oíste?, esta vaina está mal —comentó a su compañero el Chino—. Hay que reportarlo.

—Espera, vamos a oír qué otra cosa dice.

Jesús continuó:

—"Felices los que hoy están hambrientos y desnutridos porque ellos serán saciados".

De la multitud se adelantó una mujer y se acercó a donde estaba Jesús. Era una mujer joven, bonita, bien vestida, pelo corto cuidadosamente peinado.

—¡Oye! —le gritó—. ¿Puedo hablar contigo?

—Por supuesto —contestó el joven dándole la mano y ayudándola a acercarse—. ¿Qué quieres?

—Soy periodista —contestó la muchacha—, trabajo en *El Nacional*. He oído hablar de ti y vine a oírte. Quiero hacerte una entrevista.

—¿Dónde? —preguntó Jesús.

—Sacúdete a este gentío y vamos a la redacción del periódico.

Jesús habló con uno de sus amigos y se fue con la periodista.

5

... el monte de la casa de Yavé será afincado
en la cima de los montes
y se alzará por encima de los collados.
—Isaías 2

La oficina de Milagros Galván estaba en el segundo piso del edificio del periódico. Allí llegó Jesús con la periodista. Entraron en la oficina y cerraron la puerta. Milagros se sentó en un escritorio y Jesús se acomodó frente a ella. Estuvieron encerrados cerca de dos horas hasta que la puerta se abrió, salieron al pasillo y se despidieron con un cariñoso beso. El sábado siguiente la entrevista fue publicada a toda página. Llevaba por título:

“De nuevo la salvación
Un joven revive al Mesías”

Como es la costumbre, la periodista hizo una introducción sobre la vida de Jesús, el de Nazareth y el de La

Ceiba; el que hablaba en arameo y el que habla en castellano. El que fue crucificado y del que aún no sabía cómo moriría. Luego vino la entrevista:

—¿De dónde vienes?

—De un pueblo muy pequeño del interior de Venezuela, La Ceiba.

—¿Tus padres están vivos?

—Trabajan la tierra y de eso hemos vivido. Él se llama José y ella, María.

—Te he estado oyendo hablar y me pregunto si no es mucha coincidencia eso de los nombres. Tú te llamas Jesús y tus padres, José y María. ¿No te parece premonitorio?

—Los designios de Dios son inescrutables e ineludibles. Para Él el tiempo transcurre de un modo muy peculiar. Él puede duplicar los hechos y modificar la historia.

—¿Hasta qué punto?

—Hasta el punto de que su voluntad volviera a cumplirse tal como se cumplió en otro sitio y en otra época.

—¿Y qué persigue con eso?

—¿Recuerdas la historia de Juan el Bautista? Dios envió a Juan como su profeta y no quisieron escucharlo porque tenían endurecido el corazón. Después envió a su propio hijo para suceder a Juan y, a pesar de que lo habían oído, desvirtuaron su palabra a través de la historia. ¿Qué tiene de raro que intente insistir de nuevo para penetrar en la conciencia de los hombres?

—¿Y ese nuevo profeta serías tú?

—Los designios de Dios solo Él los conoce.

—Aquel Jesús debió su fama a los múltiples milagros que hizo. ¿También puedes hacerlos?

—Hacer milagros en pleno siglo veintiuno sería una demostración pomposa de un poderío que solo posee el que mira hacia abajo o una burda demostración de hechicería. El mayor milagro que yo quisiera hacer sería un cambio radical en el corazón de los hombres sobre la visión del amor y la concordia.

—Pero me dijeron que ya habías hecho uno...

—¿Cuál?

—Por ahí se corre la voz de que le expulsaste el demonio de la droga a una admiradora tuya.

Jesús rió de buena gana.

—Esa es una creencia ya pasada de moda. Hasta bien entrado el siglo diecinueve la gente creía que algunas dolencias eran obra del demonio, que poseía la mente y el cuerpo; porque para ellos el demonio era la figuración de todo mal. La obra de Satanás no es martirizar el cuerpo con enfermedades, sino hacer a los hombres ciegos para que no encuentren el camino de la verdad y sordos para que no oigan el clamor de la justicia. La droga es una sustancia química, no un demonio.

—Pero, ¿puedes o no puedes hacer milagros?

—¿Quieres que demuestre ser quien soy haciendo prodigios? El amor no necesita de revelaciones ostentosas que lo legitimen. El único que hace prodigios es Dios y en estos tiempos los hace a través de la ciencia valiéndose de la intervención del hombre. El siglo veinte fue un siglo pródigo en logros científicos; el hombre desintegró el átomo desatando una fuerza descomunal, llegó a la luna, perfeccionó la informática y ninguno de ellos ha sido considerado como un milagro, sino como un avance científico. Es más, ¿quieres que te diga algo que te parecerá jocoso? Pasteur le dio una patada por el culo a Satanás cuando fabricó la primera vacuna.

—Cambiemos de tema. ¿Qué opinas del estado en que has encontrado al mundo?

—Deplorable. Te repito lo que ya he dicho otras veces. Aquel mensaje de paz y amor que fue predicado a costa de una muerte tan cruel, ha sido echado en un estercolero. El hombre ha hecho del odio una bandera y el "amaos los unos a los otros" no apareció nunca por ninguna parte. Desde que el hombre pisó la faz de la Tierra, la idea de matar ha ocupado todas sus expectativas. Roma se convirtió en un gran imperio a través de la muerte. Los grandes conquistadores crearon sus imperios a través de la muerte. Hitler asesinó a casi seis millones de personas argumentando la creación de un imperio que duraría cien años; a Dios gracias, duró muy poco. Basándose en principios religiosos y argumentando la defensa de los derechos del Creador, las Cruzadas liquidaron a miles de personas y la Inquisición se valió de los más crueles métodos para, según ellos, salvar el alma de los pobres condenados como si la salvación estuviera en manos humanas y no en las del Único que tiene la potestad de hacerlo. En los últimos tiempos, la Yihad islámica, el Hammas, la guerrilla y las luchas religiosas entre personas de la misma creencia, como en Irlanda, han levantado un monumento a la muerte y a la destrucción. ¿No es deplorable?

—Y ante tal hecatombe, ¿qué piensas hacer?

—Repetir lo que Aquel hizo. Hablar, hablar y hablar a ver si logro curar algunos enfermos.

—Volveríamos a lo anterior. Eso sería un milagro.

—Pero no un milagro para el cuerpo, sino para la mente y para el corazón.

Reportaje de Milagros Galbán

6

He aquí que vienen días —oráculo del Señor Yavé—
en que enviaré el hambre al país;
no hambre de pan ni sed de agua,
sino de oír la palabra de Yavé.
—Amós 8:11

El impacto que causó el reportaje fue arrollador. Los teléfonos del diario repicaban sin cesar en busca de mayor información sobre "el Mesías". Los sacerdotes no encontraban qué explicar a sus feligreses. A la parroquia del padre Cedeño fueron muchos los fieles que llegaron en su busca para conocer su opinión, a los que el cura les respondía:

—¿Pero qué mesías hija? El Mesías bajó a la Tierra hace dos mil años y "fue crucificado, muerto y sepultado; al tercer día resucitó de entre los muertos y está sentado a la derecha de Dios Padre todopoderoso". ¿No te sabes el Credo?

Las hijas de María, la Congregación del Santísimo Sacramento, los Caballeros del Santísimo, el Consejo Evangélico, la Cofradía del Nazareno, los Testigos de

Jehová y cuanta congregación existía, se reunieron con carácter de urgencia para comentar el asunto.

Sin embargo, al padre Cedeño le picó el veneno de la curiosidad y se dispuso a seguirle los pasos.

—Dios mío, no sé si lo que voy a hacer estará bien hecho; de todos modos, *mea culpa... mea culpa... mea maxima culpa*. Y se dio los tres golpes de rigor en el pecho.

Averiguó por dónde andaba el muchacho y hasta allá fue a dar. Fue un domingo en el parque del este y había tal cantidad de personas sentadas en la grama, que a duras penas logró abrirse paso hasta el lugar en donde los presentes disfrutaban un partido de fútbol. Era una caimanera de esas que los domingos se juegan en muchas partes del país.

—¿No está aquí el muchacho que salió en el periódico? —preguntó a una muchacha que estaba absorta en el juego.

—Sí, es aquel que lleva la pelota —dijo María Magdalena señalando al jugador que pugnaba con dos contrarios por la posesión del balón.

En un lance, la pelota voló por los aires y los tres hombres saltaron para cabecearla. Las tres cabezas chocaron y Jesús quedó tendido cual largo era, sobándose la nariz.

—¡Cooooño! —gritaron varios espectadores— ¡Eso es *foul*!

El partido se detuvo y el herido debió abandonar el juego todo maltrecho. El padre Cedeño no le quitaba los ojos de encima; había llegado hasta allí sin permiso del Obispo y no se iría sin sacar sus propias conclusiones sobre el personaje. Observó con atención cómo Jesús, con la mano tapándose la nariz, subió la pequeña ladera hasta llegar al sitio donde estaba reunido el público que había ido hasta allí siguiéndole los pasos.

—¡Lo que hacen los medios de comunicación! —pensó el cura— o acaban con el buen nombre de alguien o lanzan a la fama a cualquier hijo de vecina.

Jesús miró a los ojos de la gente y concluyó que estaban allí porque lo seguían.

—¿Leyeron el periódico? —preguntó a los que estaban cerca.

Todos asintieron y entonces Jesús se puso de pie y preguntó:

—¿Quién dicen ustedes que soy yo?

María Magdalena se adelantó y contestó:

—Tú eres el que yo sé.

—Eso es tener fe, María. Dice el refrán que la fe mueve montañas y yo te digo: bendita eres porque tu fe toca tu corazón sin enredar tu entendimiento. No hay camino más hermoso que el de la fe, María. "Si tuviéramos una fe tan grande como un grano de mostaza y le dijéramos a este árbol, arráncate y tírate al mar, nos obedecería".

Todos lo oían asombrados hasta que uno de los presentes dijo:

—La fe es difícil de cultivar. Yo no puedo creer lo que no veo.

—¿No has oído la historia de Santo Tomás? Así pensó él y tuvo que rectificar. La fe se siente, no se razona— contestó Jesús y les contó un cuento:

"Había una viejecita que todos los días salía

temprano de su casa y entraba al templo a orar. Por el camino siempre encontraba a un hombre que la miraba despectivamente y seguía de largo. Un día el hombre le dijo en tono burlón: ´¿Qué le sucedería a usted si cuando muera todo aquello en lo que cree resultara mentira?´ La viejecita le respondió: ´¿Y qué le sucedería a usted si cuando muera todo en lo que yo creo resultara verdad?´". La fe crece en el corazón y no en los sentidos. El mundo de la fe es la presencia del reino del amor que late en cada ser.

—¿Y cómo puedo lograr la fe? —preguntó uno de los presentes.

—Pídanla y se les dará; búsquenla y la encontrarán y una vez que la encuentren déjenla crecer, "porque el reino de la fe es semejante a la levadura que una mujer toma y la pone en tres tazas de harina hasta que fermenta toda. También se parece a un grano de mostaza que un hombre siembra en su campo y, a pesar de que es la más pequeña de las semillas, cuando crece es la mayor de las hortalizas y se convierte en árbol".

El padre Cedeño no salía de su asombro. Tenía años predicando lo mismo que aquel joven. Durante todo su sacerdocio había tenido trastornos de fe y los había superado con la oración y ahora aquel muchacho le estaba enseñando el camino correcto. Se propuso abordarlo para conversar con él, cuando Jesús continuó:

—Para conseguir la fe verdadera primero hay que ser humildes y dejar morir al hombre viejo para revestirse del hombre nuevo, ya que "nadie echa vino nuevo en odres viejos porque el vino se dañaría". Por eso les digo: "busquen primero el reino de Dios y su justicia y lo demás se les dará por añadidura".

Jesús terminó de hablar y la gente comenzó a irse. Solo un hombre quedó sentado en la grama con la cabeza entre las manos, era el Chino Paredes.

"Sabroso que habla este muchacho", pensó, este no puede ser un tipo peligroso.

Se levantó y se fue a informar a su jefe. El padre Cedeño persiguió a Jesús hasta la salida del parque y lo tomó suavemente por el brazo.

—Hijo, ¿me permites unas palabras? —le dijo cariñosamente.

Jesús lo miro dulcemente, le regaló una hermosa sonrisa y le respondió:

—Encantado, Padre.

—¿Por qué no te das una vuelta por mi parroquia para que conversemos con calma?

—Delo por hecho —respondió Jesús y los dos hombres se despidieron con un abrazo.

Esa misma tarde Jesús regresó a su casa y se quedó sorprendido cuando, al entrar, se encontró de frente con María, su madre.

—Mamá, ¿qué haces aquí? —le preguntó.

María se le echó en los brazos llorando y le dijo:

—Tu padre acaba de morir.

Jesús pensó: "¡Dios mío, sé que es tu voluntad pero es mi padre, a quien todo debo!". Abrazó fuertemente a su madre y ambos lloraron desconsoladamente.

7

Se levantó entonces un doctor de la ley
y le dijo para tentarlo: "Maestro,
¿qué debo hacer para heredar la vida eterna?".
Respondiole Jesús: "¿Qué está escrito en la ley?
¿Qué lees en ella?".
—Lucas 10:25-26

Frente a la plaza Bolívar, en el Palacio Arzobispal, había gran actividad. Los clérigos entraban y salían y conversaban en los pasillos mostrando un clima poco usual. Allí llegó el padre Cedeño para su audiencia con el Arzobispo. Los príncipes de la Iglesia no se molestaron en saludarlo. ¿Quién iba a saludar a un pobre párroco desconocido? El Arzobispo sí tenía que conocerlo; al fin y al cabo esa era una de sus obligaciones terrenas. El padre Cedeño entró a la oficina de Su Eminencia como si fuera un ratón que entra en la cueva de un gato. Temeroso de no sé qué, se abalanzó respetuosamente a besar la piedra preciosa que coronaba el anillo del dignatario y se dijo a sí mismo:

"Señor Jesús, perdona mis malos pensamientos, pero Tú mismo dijiste que ni siquiera tuviste donde recostar tu cabeza".

Estaba ensimismado con este pensamiento cuando el Arzobispo le dijo:

—Buenos días, Padre; explíqueme sobre lo que me dijo ayer por teléfono acerca del joven que anda predicando por la calle.

—Pues sí, Monseñor; es un muchacho de unos treinta años; he averiguado que es licenciado en ciencias sociales y tiene un origen muy humilde. Es un brillante orador y tiene una figura muy atractiva.

—Al grano, Padre, al grano, ¿qué es lo que predica? —preguntó Monseñor.

—El evangelio, Eminencia; aunque no lo crea, predica el evangelio tal como lo predicó Nuestro Señor.

—Padre; el evangelio también lo predica usted, lo predico yo y todos los sacerdotes del mundo.

—Sí, Monseñor, pero esa es nuestra misión, la misma de los pastores de otras religiones que profesan la fe en Cristo; pero este joven... no sé...

—Cuidado con el demonio, padre Cedeño. Recuerde que él nos hace ver espejismos para confundirnos.

—Perdone usted, Eminencia, pero hasta habla en parábolas y mucha gente cree que ha hecho un milagro.

—Cuidado con el demonio, Padre, cuidado con el demonio —advirtió el dignatario.

—Con todo respeto, Monseñor, por el bien de la Iglesia sería conveniente que usted lo conociera.

—Pues le encargo que procure traerlo. Me gustaría que la Conferencia Episcopal tuviera conocimiento de esto. Eso sí, con la mayor discreción; esto no debe trascender a los medios de comunicación ni a ninuna otra persona.

—Haré todo lo que esté a mi alcance, Monseñor. Ahora, con su permiso, me retiro.

—Dios lo bendiga, Padre —dijo el Arzobispo y le alargó la mano con el anillo.

El padre Cedeño, encandilado por aquella joya, no tuvo más remedio que besarla.

"Señor Jesucristo; y Tú que no tenías dónde dormir", pensó de nuevo y se marchó.

Cuando llegó a la parroquia y entró a la casa parroquial, se encontró con Jesús que lo esperaba en el recibo leyendo el periódico.

—Hola muchacho —lo saludó—; ven, vamos a mi oficina.

Al entrar Jesús en la oficina, vio detrás del escritorio del párroco un crucifijo que colgaba de la pared. Se quedó paralizado, sus ojos se llenaron de pavor y su cerebro de terribles remembranzas. El recuerdo de su pasión le hizo sentir todo el miedo del mundo. "¿Volvería a vivir de nuevo toda aquella historia? Si en pleno siglo veintiuno no moriría crucificado, ¿cuál sería la muerte que su Padre le tenía reservada?".

—Siéntate, hijo —dijo el cura haciendo salir a Jesús de sus pensamientos—; vamos a ver, ¿tienes algo que contarme?

—¿Sobre qué? —preguntó Jesús adivinando las intenciones del sacerdote.

—¿Dónde has obtenido tanta sapiencia sobre la fe cristiana?

—Pues de donde procede todo conocimiento. ¿Sabe usted a quién me refiero?

—Claro, hombre, no faltaba más. ¿Eres católico? —preguntó el cura inquisitivo.

—Soy cristiano —respondió Jesús.

—¿Te sabes el Padrenuestro? —se interesó otra vez el cura tratando de hurgar por lo más elemental.

Jesús se echó a reír y agregó:

—¿Cómo no lo voy a saber? —y se preguntó a sí mismo— ¿No fui yo quien lo enseñó?

—¿Y el Credo? —martilló el sacerdote.

—Lo conozco.

—¿Vas a misa? —inquirió de nuevo el cura a ver si por ese lado lograba tomarlo desprevenido.

—La misa está implícita en mi existencia.

—¿Te gustaría ser catequista?

—Siempre lo he sido, aunque disiento de dogmas engorrosos que encasillan la idea de lo divino y de lo humano.

—Explícate —rogó el párroco.

—Es necesario enseñar la doctrina máxima de Dios sin recurrir a preceptos creados por el hombre: "No hay que olvidar el mandamiento de Dios y aferrarse a la tradición de los hombres".

—¿Y cuáles son esos mandamientos? —preguntó el padre Cedeño creyendo dar la estocada final.

—Los preceptos de la ley natural —fue la respuesta de Jesús mostrando gran autoridad—. Moisés los recibió de manos del mismo Creador y los entregó al pueblo judío para que fueran trasmitidos a la humanidad.

—Y a tu parecer, ¿cuál es el más importante?

—"Amarás al Señor, tu Dios, con todo tu corazón, con toda tu alma, con toda tu mente y con todas tus fuerzas". Pero hay otro tan importante como ese: "Amarás a tu prójimo como a ti mismo". No hay mandamiento mayor que este.

El padre Cedeño quedó boquiabierto y se dijo a sí mismo: "Marcos, Capítulo 12, Versículos 30 y 31".

Jesús lo miró comprensivo, le regaló una dulce sonrisa y se despidió del cura con un fuerte apretón de manos.

El padre Cedeño quedó más confundido que nunca. ¿Sus sospechas se estaban haciendo realidad? ¿Qué le diría a su Eminencia?

8

Este pueblo me honra con sus labios
pero su corazón está lejos de mí.
—Mateo 15:8

En la vieja casa N.° 5 de Propatria, María y Jesús desayunaban y conversaban sobre diversos temas cuando sonó el teléfono y atendió la tía Josefa.

—Jesús, te llaman de la televisión.

Todos se sorprendieron. Era la productora de un programa de opinión quien lo invitaba a ser entrevistado por una periodista cuyo espacio tenía gran audiencia. La grabación se realizaría tres días después y allí se presentó Jesús acompañado de sus doce amigos. Fue recibido por la entrevistadora que lo escudriñaba con asombrosa curiosidad. Lo invitó a sentarse frente a frente con ella. Los cables corrían por el suelo, las luces bailaban por los aires y los micrófonos buscaban acomodo, hasta que a Jesús le prendieron uno de la camisa. Él observaba todo con una sonrisa encantadora y pensó: "Esto lo van a ver millones de personas; si esta maravilla técnica hubiese existido en aquella época...". De pronto el Director mandó a hacer silencio y gritó: "¡Grabando, grabando!". La periodista que estaba con una horrible cara de mal humor hizo un esfuerzo sobrehumano y esbozó su más amplia sonrisa mostrando una dentadura impecable, con los ojos fijos en la cámara, una postura coquetísima y mostrando unas bien torneadas piernas las cuales, cruzadas de modo muy femenino, mostraban unos muslos deliciosos.

Los televidentes, ansiosos por la promoción que la televisora había hecho del programa, estaban sentados frente a la pantalla. Después de verse obligados a ver comerciales de bancos, detergentes, celulares, refrescos y hasta de toallas sanitarias, al fin la pantalla se iluminó con el título del programa: "Yo les digo...", con Maru Pérez Ospino.

—Buenas nooooches amigos, ¿cómo están ustedes? Hoy tenemos un programa especial. Está con nosotros Jesús, un joven venezolano que ha causado cierto revuelo porque, según él, es portavoz nuevamente de lo que se llama la "buena nueva", que no es otra cosa que el evangelio de Jesucristo (y sacudió la cabeza con énfasis). Él viene, curiosamente, acompañado por doce amigos (hizo una pausa y mostró una sonrisita). Bueno Jesús, ¿qué me cuentas? —y sonrió de oreja a oreja.

—Bueno Maru; en primer lugar te agradezco la invitación. Entiendo que me has invitado a tu programa para que hablemos de lo humano y lo divino. Quiero decirte a ti y a tu numerosa audiencia que lo humano y lo divino no pueden existir por separado, porque lo humano procede de lo divino y lo divino es el soplo vital que le da sentido a lo humano.

—Estoy de acuerdo contigo, pero es que en el mundo en que vivimos, todos corremos desesperadamente detrás de lo humano y estamos apartando lo otro.

—Precisamente, porque el primer mensaje fue escuchado, pero lo echaron al olvido, tal como sucedió con las semillas en la parábola del sembrador. ¿La conoces?

—Sí, claro; yo estudié en un colegio de monjas. Pero mira Jesús: me están pidiendo publicidad.

Jesús pensó: "¿Ya tan pronto? Pero si acabamos de empezar...".

—Al regreso de la pausa, quiero que me digas: ¿El estado en que se encuentra el mundo será el resultado de una inversión de valores o de la separación de lo humano de lo divino? ¡Amigos, ya regresamos! —y mostró su mejor sonrisa.

Nuevamente salieron al aire los celulares, restaurantes, bancos, detergentes y toallas sanitarias. Música de fondo y de nuevo "Yo les digo...".

—Bueno Jesús, ¿qué me contestas sobre la pregunta que quedó al aire?

—Maru, evidentemente que el hombre se ha olvidado de la existencia de un ser superior que rige nuestras vidas. Todo el mundo habla de Dios, pero pocos lo sienten en su corazón. Hace dos mil años se dijo...

—¿Lo dijiste tú mismo? —interrumpió Maru inquisitiva, esperando atrapar a Jesús y ponerlo en una disyuntiva.

Jesús sonrió con malicia y respondió:

—Lo dijo Yavé por boca de su Hijo; pero déjame redondear la idea.

Maru se recostó en la silla esperando una mejor ocasión.

—Te decía que hace dos mil años quedó escrito: "Se ha dicho: no matarás. Pero yo te digo que eso no basta. Ni siquiera te enojes con tu hermano ni mucho menos lo injuries". Sin embargo el odio entre razas y entre clases sociales predomina de tal manera que no hay un solo día en que los medios de comunicación no nos den noticias de ello.

—Pero es que lo que describes es solo la respuesta a las afrentas que unos cometen contra otros. Hoy día no se puede poner la otra mejilla como tú mismo propusiste.

Jesús evitó la estocada sin darse por aludido.

—El "ojo por ojo" es el camino a la venganza, la cual evidentemente tiene un sabor muy dulce pero debemos evitarla. Jamás respondas a un ultraje con otro ultraje. Eso no significa que tengas que huir ante el ataque de tu enemigo, porque eso demerita el valor de tu alma; lo que tienes que hacer es resistir a la tentación de la ira. Recuerda aquello de que "lo cortés no quita lo valiente". Déjame recordarte algo que las monjas te deben haber enseñado:

> *El Reino de los cielos es semejante a un rey que quiso arreglar sus cuentas con sus siervos. Le fue presentado uno que le debía diez mil talentos. No teniendo con qué pagarle, el señor mandó que fuese vendido él, su mujer y sus hijos y todo cuanto tenía y que le fuese saldada la deuda. El siervo se tiró al suelo y postrándose le decía: "Concédeme un plazo y te lo pagaré todo". El señor se apiadó, lo soltó y le perdonó la deuda.*
>
> *El siervo, al salir, se encontró con uno de sus compañeros que le debía cien denarios; lo agarró y lo*

estrangulaba diciendo: "Paga lo que debes". El compañero, echándose a sus pies, le suplicaba: "Concédeme un plazo y te pagaré". Pero él no quiso sino que fue y lo metió a la cárcel hasta que pagara la deuda. Al ver sus compañeros lo ocurrido fueron a contarle a su señor.

Entonces este lo llamó y le dijo: "¡Siervo malvado! Te he perdonado toda la deuda porque me lo habías suplicado. ¿No debías tú también haberte apiadado de tu compañero, como yo me apiadé de ti?". Y el señor, irritado, lo entregó a los torturadores hasta que pagase toda la deuda. Así hará mi Padre celestial con vosotros, si cada uno de vosotros no perdona de corazón a su hermano.

Maru se quedó boquiabierta con los ojos fijos en Jesús y con una expresión de admiración. Solo logró decir: "¡Amigos, ya regresamos!".

Esta vez, además de los mismos comerciales, apareció la bandera tricolor llamando a salvar la democracia. Al reanudarse la entrevista, ya Maru no sonreía tanto:

—Mira Jesús, dime una cosa: a mí me parece que el hombre se torna violento por el deseo desmedido de poder y de riquezas. Entonces, ¿no crees que la manera en que el mundo está estructurado es lo que hace que el hombre asuma esa posición?

—Dios dotó al hombre de una inteligencia que emana de la inteligencia suprema. Lo que sucede es que el demonio de la ambición carcome las entrañas y subyuga la inteligencia. Nadie puede servir a dos señores pues aborrecerá a uno y amará al otro. No se puede servir a Dios y al dinero. Recuerda aquella famosa frase: "Es más fácil que entre un mecate por el ojo de una aguja que un rico en el reino de los cielos".

—Está bien, Jesús, pero los ricos tienen que existir y los pobres, también.

—Por supuesto Maru, pero no en forma tan brutal. Es inconcebible a los ojos del Padre que, mientras hay gente que ocupa páginas enteras de ciertas revistas y que muestran descaradamente una opulencia desmesurada, hay otros que mendigan un mendrugo de pan sin la más mínima esperanza de mejorar sus vidas. En los países árabes, los jeques son los dueños absolutos de las riquezas del subsuelo, mientras los mendigos llenan las calles de las ciudades.

—¿Y en nuestro país?

—Esa diferencia tan profunda la han tomado para hacer una demagogia insoportable. Han hecho creer a los humildes que van a mejorar su situación; pero resulta que la situación que ha mejorado es la de los mismos demagogos. Mi corazón se entristece ante la vista de esos indígenas que en las calles piden limosna con un niño siempre dormido en los brazos. ¿Qué me dices de los famosos niños de la patria que terminaron quedándose como lo que siempre han sido, niños de la calle?

—Ah bueeeno, pero eso fue una promesa de nuestro Presidente. Él dejó a los niños en la calle y se compró un avión de ochenta y cinco millones de dólares. ¿Qué opinas de eso?

—Maru, deja que "se le dé al César lo que es del César y a Dios a lo que es de Dios", porque en la otra vida, mi Padre... perdón... nuestro Padre, le pedirá cuentas al César de lo que le dieron.

A Maru se le iluminó la cara y se le quedó mirando mientras sonreía, como diciendo: "Te agarré; ahora sí que no te me escapas". Sin embargo lo que dijo fue un seco: "¡Vamos a un corte y ya regresamos!".

Después de los mismos comerciales se reanudó la entrevista:

—¿Quiere decir que tendremos que permanecer impávidos ante esta situación tan deplorable?

—Maru, la corrupción es el demonio que impera en un reino cuya sede principal es la política. Y conste que eso no es imputable a un solo gobierno. Los anteriores fueron verdaderos maestros en eso de repartir cargos, en el usufructo del erario nacional en provecho propio, en el tráfico de influencias, en el olvido de los necesitados; el gobierno actual es una copia corregida y aumentada de los anteriores. La vieja historia de los fariseos está hoy más vigente que en aquella época.

—Es cierto; aquí tenemos a un Presidente que predica la paz, con crucifijo en mano, y luego la transforma en odio.

—Esa es una careta, Maru; ten en cuenta que "lo que sale de la boca proviene del corazón y eso es lo que mancha al hombre".

Maru se le quedó mirando unos segundos y le espetó:

—¡Jesús, háblame del amor!

—¡El amor! —respondió, y le dio un énfasis de pensativa dulzura—. El amor, Maru, ¡qué palabra tan hermosa pero a la vez tan vilipendiada! Del amor se habla tan hipócritamente que a veces da grima. En primer lugar se confunde el amor con el sexo y, como a este se lo ha degradado tanto tal como se ve en las pantallas de la televisión, pues resulta que el amor también ha sufrido una pérdida de valor.

—¿Por qué dices eso? Explícame más.

—Veamos un caso concreto. ¿Tú crees que hay amor en el campo de la salud? Por ejemplo, el trato que un médico da a un paciente en un hospital público no es el mismo que ese médico ofrece en su consultorio privado. Cuando un paciente acude a un hospital, el médico y el personal paramédico no ven en ese enfermo a un ser que sufre y que va en procura de alivio a su dolor, sino a un pobre diablo de quien hay que salir rápido para atender a otro de igual forma, hasta cumplir un horario y justificar un sueldo.

—¿Y en la consulta privada?

—En ese caso, quien acude a la consulta privada es una forma expedita de recibir un ingreso muchas veces abusivo. De ahí que el trato sea de una amabilidad extrema. Claro Maru, hay honrosas excepciones.

—Jesús, yo estoy plenamente de acuerdo con lo que dices.

—Por supuesto, porque hay de por medio altas cifras de dinero y sin embargo, Maru, ¿cuántos pacientes no rumian su dolor en el pasillo de una clínica privada hasta que cancelen el ingreso, el seguro les dé el visto bueno o logren pasar la tarjeta de crédito?

Y si ninguna de estas opciones resulta exitosa, pues al pobre enfermo lo ponen de patitas en la calle para que se vaya a morir a otro lugar. La medicina, Maru, se ha convertido en un comercio y no en una manifestación de amor. La medicina se ha deshumanizado.

—Jesús, ¿no eres muy duro en tus apreciaciones?

—Maru, “yo no he venido a traer la paz sino la guerra” y eso pienso hacer. Yo he venido, como los antiguos profetas a denunciar, a confrontar.

—¿Y no temes a las consecuencias?

—Hace dos mil años alguien hizo lo mismo, sabiendo las consecuencias; y sin embargo lo hizo.

—¿No crees que a ti te pasará lo mismo?

—Eso está en manos de Quien todo lo decide.

—Jesús; se nos acabó el tiempo, pero ahora quiero que me digas quién eres tú.

—Te contesto con otra pregunta: ¿Quién crees que soy yo?

—¡Yo creo que eres quien yo sé!

Y concluyó el programa.

9

Estaba orando Jesús en cierto lugar y, cuando acabó,
uno de sus discípulos le dijo:
Señor enséñanos a orar
como Juan enseñó a sus discípulos.
—Lucas 11:1

La frase con que Maru había concluido la entrevista cayó como una bomba entre la población. Al día siguiente todos hablaban de la nueva venida de Cristo. Las gentes sencillas pugnaban por averiguar dónde se encontraba para ir a oírlo hablar. El Chino Paredes y el Chato Tortosa hicieron su informe al Jefe Civil y se despidieron de la Jefatura para seguir a Jesús; pero Eudoro Monasterios tenía audiencia con el Director de la Policía Política del Estado.

Cuando entró a la oficina, estuvo a punto de cuadrarse ante el gran retrato del prócer presidencial que presidía la estancia. El Director del cuerpo policial estaba de pie detrás de su escritorio, teléfono en mano.

—Sí, señor Vicepresidente —le escuchó decir—; ya estoy enterado y le prometo tomar cartas en el asunto. Tranquilo, tranquilo, que voy a ordenar una investigación a fondo. No se preocupe.

Y colgó. Monasterios se acercó y le dio unos tímidos buenos días.

—Adelante Monasterios, siéntese y cuénteme lo que usted sabe sobre el tal Jesús.

—Coronel Briceño —respondió el Jefe Civil—; a ese joven lo mandé a investigar con dos de mis mejores hombres y el informe que me presentaron no muestra evidencias de peligro alguno. Con decirle que se fueron tras él.

—¿Cómo es la vaina? —preguntó el Director.

—Así como lo oye, Coronel. Parece ser un predicador religioso.

—¿Solo religioso? A mí me parece que se escuda tras esa fachada con otras intenciones. En plena televisión dijo que no había venido a traer la paz sino la guerra, como dijo Jesucristo; y como tiene los cojones de creerse Jesucristo...

—Él nunca ha dicho tal cosa, pero por los vientos que corren, me parece...

—No le parezca nada, Monasterios, no sea pendejo. De ahora en adelante nosotros nos encargaremos del asunto. ¡Buenos días!

Eudoro Monasterios salió de la central policíaca un tanto aliviado por la carga que le acababan de quitar de encima. Al día siguiente una patrulla sin placas, y con cuatro hombres vestidos de civil, salió en busca de Jesús con órdenes expresas de espiar todos sus movimientos. Lo localizaron por los lados de Chacao. Era semana santa y la gente atiborraba la iglesia. Estaba sentado en la plaza rodeado de muchos de los que lo seguían. De la patrulla se bajaron tres agentes y se mezclaron con la gente. Jesús estaba cabizbajo, triste y pensativo cuando, al sonar de una marcha fúnebre, salió la procesión del Nazareno. La imagen caminaba lentamente al son de la música y al pasar frente a Jesús, este levantó la mirada llena de tristeza y su cara mostraba señales de una angustia profunda. Pedro se le acercó y le dijo:

—Qué te pasa, ¿vale? Te veo como preocupado. ¿Te sientes bien?

—Sí —respondió Jesús—; pero fíjate que se volverá a cumplir todo lo escrito por los profetas hace dos mil años, porque "el Hijo del hombre será entregado a los verdugos, escarnecido, insultado y escupido. Y después de azotarlo, lo matarán".

—Jesús —contestó Pedro—; te has convertido en nuestro maestro y por tal te reconocemos. Te aseguro que nosotros estamos dispuestos a protegerte. Yo sé donde enconcharnos.

—No me tientes Pedro. ¿No sabes que lo que está escrito, escrito está?

Las melancólicas notas del *Popule meus* se escuchaban con toda la magnitud de su esplendor; un ambiente de tristeza circundaba a los presentes y Jesús no escapaba a ello. Gentes sencillas, portando velas encendidas, acompañaban la procesión entonando cantos y jaculatorias, y otras rezando el rosario. Jesús las observaba complacido cuando, entre la multitud, divisó al Gobernador del Estado acompañado de unos miembros de su comitiva quienes, vela en mano, marchaban con cara de compungidos. Jesús dijo:

—Ahí tienen el contraste entre la fe sincera y la fe con que se persiguen objetivos precisos. ¿Quiénes creen ustedes que son bien vistos por los ojos de mi Padre: los que se encierran en su habitación y abren su corazón a la misericordia de Dios llorando su tragedia o los que practican un culto puramente externo, odioso a los ojos del Padre? Estos últimos son mojigatos que alardean de piadosos con fines proselitistas. Por eso les digo: "Cuando vayan a orar, háganlo en la intimidad del corazón. Pidan y se les dará, llamen y se les contestará, toquen y se les abrirá". Porque el Padre que está en los cielos repudia a quienes practican una piedad pública, buscando la admiración de los demás y parecer virtuosos a los ojos de la gente. Fíjense en esas personas que caminan arrodilladas diciendo que pagan promesas. El Padre no exige que maltrates tu cuerpo para oírte. Yo tampoco apruebo tal conducta porque "yo quiero misericordia y no sacrificios, pues no estoy llamando a los justos sino a los pecadores".

—Todos estamos de acuerdo contigo —respondió María Magdalena—; entonces vamos a reunirnos para rezar el rosario.

—María —respondió Jesús—; las oraciones hechas por los hombres solo sirven para demostrar piedad, pero a los oídos de mi Padre tienen poca eficacia. Una cosa es rezar y otra muy distinta es orar. Cuando rezas, repites al caletre lo que otros han escrito; cuando oras, abres tu boca a la inmediatez de tu corazón y de ella saldrán tus propias palabras con toda la carga de una fe y de una esperanza que son solo tuyas.

—¿Y entonces? —preguntó María inquisitiva.

Jesús los miró a todos y dijo:

—Cuando quieran orar, digan:

"Padre, santificado sea tu nombre; venga tu reino; danos cada día nuestro pan cotidiano y perdona nuestros pecados porque nosotros también perdonamos a todo el que nos debe; y no nos expongas a la tentación, porque Tuyo es el Reino, Tuyo el poder y la gloria, Señor".

10

Sobre Él reposará el espíritu de Yavé,
espíritu de sabiduría e inteligencia,
espíritu de consejo y ciencia,
espíritu de conocimiento y temor de Yavé.
—Isaías 11:2

El padre Cedeño llamó a la puerta de la casa N.° 5 de Propatria. María abrió la puerta y el sacerdote se presentó:

—Buenos días, señora; soy el padre Cedeño. ¿Se encuentra Jesús?

—Pase adelante, Padre —invitó María— ya se lo llamo.

El Padre se sentó en una de las modestas sillas del pequeño recibo observando, con curiosidad, todo lo que estaba en el recinto.

—Buenos días, Padre —saludó Jesús dándole la mano—; me da gusto verlo. ¿Qué lo trae por aquí?

—Hola hijo, me imagino que esta es tu madre —respondió el sacerdote señalando a María.

—Sí, Padre, es mi mamá.

—A ver —averiguó el cura tratando de romper el hielo—; déjame adivinar su nombre. Apuesto a que se llama María.

María bajó los ojos, Jesús sonrió con malicia y el cura también sonrió seguro de haber adivinado.

—Así es —dijo Jesús—, ¿cómo lo adivinó?

—Intuición, hijo, pura intuición.

—¡Qué bien! —murmuró Jesús.

—Bien hijo —comenzó a decir el padre Cedeño—; el motivo de mi visita es traerte una invitación de la Conferencia Episcopal. Quieren conocerte.

Jesús pensó para sí mismo: "Aquella vez fue el Sanedrín; pero aquellos eran una caterva de fanáticos que predicaban lo que no cumplían, que imponían leyes para los demás y no para ellos. Veinte siglos después, estos son distintos; son gente buena, comprensiva y con una mente abierta a la tolerancia religiosa".

—Encantado, Padre, ¿cuándo será el juicio? —preguntó con picardía.

—En tres días se reúnen y allá te esperan.

—Dale pues —dijo Jesús echando mano de una moderna expresión juvenil.

Tres días después entraba Jesús en el edificio de la Conferencia Episcopal. Los clérigos y los seglares presentes lo retrataron con una mirada inquisitiva. Uno de los clérigos le dijo a otro:

—Ha llegado Nuestro Señor —y se echó a reír.

De la sala de sesiones salió un sacerdote joven y se le acercó.

—Buenos días, acompáñeme por aquí.

En la sala estaban reunidos los purpurados, unos con cara muy seria y otros con una sonrisa a medio dibujar. El Presidente de la Conferencia se presentó:

—Hola Jesús, soy monseñor Bernardo Torres, Presidente de la Conferencia Episcopal; me da gusto conocerte.

Y le fue presentando a cada uno de los miembros allí presentes. Monseñor era un hombre de aspecto intelectual, de modales amables, pero en sus expresiones había un gesto de firmeza. Jesús saludó a cada uno con gran afecto y se sentó en el sitio que le indicaron. Comenzaron haciendo acotaciones triviales tales como el estado del tiempo, el calor que hacía en la sala y el terrible tráfico que imperaba en la ciudad. Jesús también hacía comentarios generales hasta que monseñor Torres fue directo al grano.

—Bien, Jesús; te hemos invitado porque queremos conocerte; hemos estado muy pendientes de ti. Nos han dicho que eres un joven piadoso que predica el evangelio de Cristo y que muestras gran conocimiento de las sagradas escrituras. ¿Dónde has adquirido tales conocimientos?

—La sabiduría, Monseñor, proviene del estudio constante. Einstein fue un sabio porque dedicó su vida al estudio de las leyes del universo. Mozart fue un sabio porque dedicó su vida al estudio de las leyes de la música.

—¿Y Cristo? —preguntó monseñor Juan Carlos Beltrán—. Él fue un simple carpintero.

—Cristo fue un sabio porque recibió el conocimiento de donde procede toda sabiduría.

—¿Y tú? —preguntó monseñor Castro.

—Yo he sido un simple estudiante como tantos otros.

—Pero por lo visto has estudiado muy bien las sagradas escrituras —acotó monseñor Críspulo Mejías, un hombre bastante mayor, de pelo cano, y algo encorvado por la edad.

—Ese don, Monseñor, también me fue dado desde lo Alto.

Un murmullo recorrió la sala; Beltrán le susurró a Torres.

—¿Qué dice este? ¿Quiere ponerse en el mismo nivel de Nuestro Señor?

—¡Vamos a tener que hurgar a fondo, Juan Carlos!

Jesús advirtió la conversación, se dirigió a monseñor Torres y comentó:

—Monseñor, usted sabe tan bien como yo que el Espíritu Santo reparte sus dones a su antojo.

Juan Carlos Beltrán, hombre de 60 años bien llevados, era tal vez el teólogo más ilustre de aquel grupo de obispos. Había hecho un doctorado en Teología Dogmática en el Sacro Colegio Pontificio de Roma y se dispuso a atacar con todo el bagaje de conocimientos que lo llevaron al alto sitial que tenía.

—¿Y cuántos son los dones del Espíritu Santo?

Jesús se preparó para la embestida consciente de que lo que venía solo lo podría sortear echando mano de la inspiración divina. Secamente contestó:

—Son ocho, Monseñor.

—¿Cuál de esos dones crees tú que te fue concedido?

Jesús respiró profundamente.

—Para comenzar, no dudo que usted recibió el don de la ciencia.

—¿Por qué? —preguntó Beltrán.

—Porque su presencia en esta sala es para ayudar a juzgar con rectitud de las cosas creadas. Además, debe usted poseer una intuición especial de las cosas reveladas y eso se llama don del entendimiento.

En la sala se hizo un silencio profundo. Todos los obispos bajaron la cabeza mirándose nerviosamente las manos.

—Ahora usted me pregunta con cuál de los dones fui bendecido. Puedo asegurarle que yo sé lo que tengo que hacer en orden a la voluntad de Dios y ese es un don que ustedes han dado en llamar don de consejo.

Monseñor Críspulo Mejías observaba a Jesús con ojos llenos de amor y admiración. Su anciana figura parecía tocada por un halo de sublime santidad. Su mente daba vueltas alrededor de algo que él mismo desconocía.

—Los santos, hijo, fueron bendecidos con todos los dones que el Espíritu provee y por eso están en los cielos. ¿No lo crees así?

—Monseñor —respondió Jesús consciente de que lo que iba a decir desataría una polvareda—; en el cielo están todos los que son, pero en los altares no son todos los que están.

—Explícate —tronó monseñor Beltrán.

—Teresa de Calcuta —comenzó comentando Jesús—, la más grande de todas las santas que han existido, fue bendecida con el don de la fortaleza, al igual que Martín Luther King y Mahatma Ghandi, pues los tres fortalecieron su alma para la práctica de virtudes heroicas; y yo les aseguro que los tres están en el cielo. Sin embargo, ni Luther ni Ghandi están en los altares. ¿Eso le parece justo?

—No caigamos en herejías, jovencito —intervino Beltrán—; la prerrogativa de los altares le corresponde solo al Papa.

—¡Qué bueno sería pedirle su opinión a Yavé sobre el particular! —agregó Jesús esperando lo peor.

—Dios, hijo, Dios —balbuceó monseñor Zamora quien había permanecido callado.

—Dios, Yavé, Sebaoth, Adonai, ¿qué más da? —contestó Jesús.

—Está bien, está bien, lo del nombre es irrelevante en estos momentos —dijo impaciente Beltrán.

—En eso tiene usted la razón —concordó Jesús—; el nombre que se da al Padre no es propiedad de ninguna religión.

Monseñor Mejías estaba sintiendo gran simpatía por Jesús y con muestras de cariño y admiración le inquirió:

—Jesús, lo que pretendemos es defender la verdad acerca del reino de Dios. ¿No lo crees así?

—¿Y dónde está el reino de Dios? —preguntó Jesús.

—Pues en lo Alto —respondió Mejías echando mano de lo que le habían enseñado en el seminario hacía mas de 60 años atrás.

—El reino de Dios, Monseñor, es la presencia del amor que late en cada hombre y la abundancia con que este lo reparte. El reino de Dios no se manifiesta en actos litúrgicos, muchas veces estrambóticos y hasta fastidiosos, ni tampoco en dogmas legales casi siempre incomprensibles. El amor crea entre los seres humanos unos lazos que son más fuertes que las cadenas que crean leyes hechas por el hombre y que terminan encerrando la voluntad de Dios.

—Eso es una herejía —volvió a tronar Beltrán—. La Iglesia es una y su magisterio es infalible.

—Monseñor, con todo respeto; yo creo que no debemos caer en fundamentalismos. Las ideas religiosas del hombre tienen que estar enmarcadas en la tolerancia hacia las ideas del otro y de la noción que cada uno tiene de Dios. No podemos pretender que las discrepancias con una Iglesia determinada sean un camino expedito hacia el infierno.

Monseñor Torres le susurró al oído a monseñor Mejías:

—Este es un revolucionario que pretende socavar las bases de la Iglesia.

—¿Qué fue Cristo, Monseñor, sino un revolucionario que trastocó las leyes de su época? —respondió el anciano.

—Hay que matar la culebra por la cabeza —acotó Torres. Y dirigiéndose a Jesús lo conminó:

—¿Te consideras mensajero del Altísimo?

—Los designios de Dios —respondió Jesús— son inescrutables.

—Si te consideras un nuevo enviado de Dios, ¿por qué no se han cumplido las profecías que narra el evangelio sobre la segunda venida de Cristo?

—En pleno siglo veintiuno —agregó Jesús—, cuando el sol se oscurece y la luna no brilla, ya todos sabemos que se trata de un fenómeno llamado eclipse y que la ciencia ha estudiado hasta el punto de poderlos predecir: las estrellas jamás caerán del cielo, como dice la profecía; más bien Einstein dijo que el universo se expande. Por último, el cielo no tiene columnas que se puedan tambalear.

Monseñor Mejías no podía contener la risa viendo la cara de Beltrán. Jesús miró de frente al anciano Obispo y le guiñó un ojo en un gesto de complicidad.

—¡Pero lo dice la *Biblia*! —tronó de nuevo Beltrán.

—Sí, ya lo sé. Pero la *Biblia* también dice que Jonás vivió tres días en el estómago de una ballena y salió vivo de ella. ¿Usted cree eso posible? Porque el único que salió vivo del vientre de una ballena fue Pinocho, según Walt Disney.

Una carcajada sacudió el salón. Los obispos no podían creer cómo aquel joven se enfrentaba al teólogo más eminente. Jesús se dio cuenta de lo que acababa de decir y agregó:

—Perdóneme Monseñor, pero el humor es parte importante del reino de Dios.

—Lo que estamos hablando es muy serio, joven —dijo monseñor Zamora—; ten en cuenta que las enseñanzas que están en la *Biblia* son imperecederas.

—La palabra de Dios no pasará, Monseñor, pero tenga en cuenta que quienes transcribieron la palabra fueron hombres que tuvieron que escribir para los de aquella época y, por lo tanto, deben haber echado mano de figuras literarias que fuesen entendibles para la mentalidad imperante en aquel entonces. Hoy día al hombre hay que hablarle en otro lenguaje sin desvirtuar la esencia misma de la palabra de Dios. Los signos de los tiempos, Monseñor, no son otra cosa que la acción de Dios sobre el hombre de hoy. En la antigüedad la virginidad era sinónimo de santidad; hoy debemos modificar esta creencia. ¿O es que una madre con seis hijos, abnegada, amorosa y fiel no es santa solo por el hecho de no ser virgen? La fe y el amor, Monseñor, son la levadura de la santidad.

—Has dicho bien —respondió monseñor Zamora—; pero esa fe y ese amor deben regirse por las enseñanzas de la Santa Iglesia Católica, apostólica y romana; de otro modo nos expondríamos a estar fuera de ella.

—¿Por qué, Monseñor? El amor es universal y no debe asimilarse a ninguna tendencia religiosa. ¿Estar fuera de la Iglesia no equivale a estar excomulgado?

—Así es —recalcó Beltrán dándole un tono preciso a sus palabras.

—Quiere decir, entonces, que la excomunión equivale a un rompimiento en las relaciones entre Dios y un hombre determinado. ¿Quiénes son los hombres para decidir con quién debe Dios enemistarse? Ese es otro de los casos que deberían ustedes revisar. A una persona que se ve precisada, por hechos humanos, a romper su relación matrimonial se le expulsa del seno de la Iglesia, se le prohíbe recibir los sacramentos y se le niega el derecho de rehacer su vida ante los ojos de Dios; o sea, se le desecha como un trasto roto e inservible. Recuerde lo que fue dicho: "Yo no he venido a estar entre los justos sino entre los pecadores". Más claro, no canta un gallo.

Se hizo un silencio total en la sala y Bernardo Torres, Presidente de la Conferencia Episcopal, dio por terminada la reunión.

A la salida, Jesús conversaba con algunos obispos cuando se le acercó monseñor Críspulo Mejías. El anciano lo tomó del brazo, lo llevó aparte y le preguntó:

—Hijo, ¿quién eres tú?

—¿Quién cree usted, Monseñor, que soy yo?

Mejías le dio un emotivo abrazo y le dijo:

—Tú eres quien yo sé.

II

El árbol se conoce por sus frutos.
Porque no se cosechan higos de los espinos
ni se vendimian racimos de los zarzales.
—Lucas 6:44

El bar "Aquí me quedo" estaba situado en una de las calles que subían a un barrio aledaño del oeste de la ciudad. Estaba situado precisamente en una de las esquinas de la ruta que daba acceso a la parte alta del barrio. Las calles presentaban un aspecto deplorable; estaban en mal estado, llenas de huecos en donde el agua se empozaba convirtiéndose en un peligro para los transeúntes que más de una vez metían el pie casi hasta el tobillo. En las aceras contiguas había negocios de otra índole: una pequeña pulpería a la que le daban el más sonoro nombre de abasto, un pequeño expendio de carne con una nevera desvencijada y, por supuesto, varias ventas de terminales de lotería.

El bar "Aquí me quedo" era un pequeño local provisto de cuatro mesas sin mantel en las cuales se ubicaban los clientes a jugar al dominó y a ingerir licor en cantidades industriales. En la puerta del local varios jóvenes consumían cerveza a punta de botella y el lenguaje que utilizaban, tanto los de adentro como los de afuera, estaba salpicado del peor estilo. Era el lenguaje obsceno característico de la gente vulgar. Los piropos que endilgaban a las muchachas que pasaban frente al local eran de la más baja calidad, aunque muertas de la risa estas les respondían de la misma manera.

"No joda, chamo; a esa jeva se le cae el culo de puro buena que está."

"Mírale esas tetas; parece que se le van a salir del sostén."

Era el mismo lenguaje que oían a sus padres, de quienes habían aprendido eso y mucho más. Sin embargo lo peor no era eso; lo peor era que allí se tramaban las más viles acciones, pues la mayoría de los jóvenes que frecuentaban la zona estaban armados. Allí la droga era la moneda con la que se hacían los más jugosos negocios. Allí se planificaban los frecuentes ajustes de cuenta entre las pandillas que merodeaban el barrio. En más de una ocasión, el propietario se vio obligado a cerrar el negocio ante la balacera que casi siempre dejaba muertos. La policía unas veces intervenía timorata y otras veces hacía la vista gorda. Después del interrogatorio a que fue sometido por la jerarquía eclesiástica, Jesús se vio obligado a pasar por el lugar camino a su casa y decidieron entrar al bar a comprar unas cervezas. Al fin y al cabo, fue el único local que encontraron abierto. Cuando Jesús entró al bar, dos de los malvivientes que estaban en la puerta con un arma en el bolsillo, se le quedaron mirando con gesto de burla retadora.

—Mierda, ahora nos jodimos; llegó el que viene del cielo —dijo uno de ellos.

—Pues tendremos que arrepentirnos de nuestros pecados —dijo el otro riendo provocadoramente.

Jesús los miró, les sonrió, bajó la mirada y entró al bar acompañado de Pedro. María Magdalena permaneció afuera esperando. Cuando salieron, bolsas en mano, observaron a uno de los antisociales a punto de propasarse con la muchacha. El temperamento impetuoso de Simón Pedro hizo que en sus ojos se reflejara la ira y enseguida se dispuso a enfrentar al atrevido.

—Cuidado Simón —lo atajó Jesús—, está armado. Déjame a mí.

Jesús se acercó a María, la tomo del brazo y se dispuso a alejarla de aquel irrespetuoso.

—¿Qué pasa, chamo, no te gusta que hablen con tu jeva? —preguntó burlón el individuo.

—No, pana —respondió Jesús—; solo que es tarde y tenemos que irnos.

—Tengo mercancía de la buena, ¿no quieres? —insistió el tipo.

—Jesús se le quedó mirando y negó con la cabeza.

De pronto, un auto se detuvo y el conductor dijo en voz baja:

—Barrabás, piérdete porque el Tati te anda buscando. Y enseguida se esfumó.

Acto seguido, por uno de los callejones aparecieron tres individuos armados que se plantaron frente a Barrabás. Jesús tomó a María por la mano y, seguido de Simón Pedro, echaron a correr y se refugiaron dentro del bar. Barrabás sacó el arma y se dispuso a repeler el ataque. El Tati retrocedió unos pasos y disparó sin dar en el blanco. Inmediatamente los compañeros de Barrabás también desenfundaron sus armas y comenzó una balacera en plena calle. Ambos bandos se disparaban parapetándose en las esquinas, hasta que Barrabás, de un disparo certero, acabó con la vida del Tati. Los contrincantes emprendieron la huida y se perdieron por los callejones que iban a dar a la parte alta del barrio. Jesús dijo:

—Panas, a correr, no sea que nos vayamos a meter en una vaina.

Y seguido de María y de Simón Pedro, emprendieron la carrera hasta llegar a la vieja casa N.° 5 de Propatria.

Alrededor del cadáver se aglomeraron los vecinos del sector hasta que llegó la policía; cubrieron al difunto con una manta y del suelo recogieron su arma; al revisarla, pudieron comprobar que pertenecía a la misma policía. En la intimidad de su habitación, Jesús se sumió en sus propios pensamientos: "¡Dios mío, ¿por qué tanta violencia? ¿Dónde quedó el mensaje que les enseñé?

¿Cuál será el destino de tantos jóvenes abandonados a su suerte y que se ven obligados a tomar el camino del delito?". Dos cervezas y el cansancio de la carrera hicieron que el sueño lo venciera. Sin embargo, frente a la casa N.° 5, un auto sin placas y con tres hombres armados se estacionó en espera de los acontecimientos.

CAPÍTULO TERCERO

TIEMPO DE MENGUA

I

¿Acaso nuestra ley condena a alguien sin haberlo escuchado y sin saber qué ha hecho?
—Juan 7:51

El vuelo 837 de Alitalia, proveniente de Roma, tomó pista a las 5 y 25 de la tarde, en el Aeropuerto Internacional de Maiquetía. A las 7 y 15 aterrizó el vuelo 973 de American Airlines proveniente de Washington. En el primero venía monseñor Giovanni Manzini, enviado especial de Su Santidad el Papa y miembro especialísimo de la Comisión Pontificia para la defensa de la fe. En el segundo venía Mr. George Redman, agente especial del servicio de investigaciones de la CIA. El primero fue recibido por un enviado de la Nunciatura Apostólica y el segundo, por un miembro de la Embajada de los Estados Unidos de Norteamérica. Sin que ninguna de las dos supiera de la existencia de la otra, ambas comisiones partieron rumbo a su destino.

En la Nunciatura había una actividad inusual por la presencia del delegado papal. No era para menos; el Vaticano sentía tambalear sus cimientos ante la posibilidad de que la noticia llegada desde Caracas fuese cierta. El Cardenal Arzobispo había mandado una nota detallada a Su Santidad y el anciano pontífice había encargado a monseñor Manzini para que hiciese una investigación a fondo sobre el asunto. El Nuncio había citado a la alta jerarquía eclesiástica para que rindiera su informe al delegado papal. Todos coincidieron en cursar una invitación a Jesús para que Manzini pudiera sacar sus propias conclusiones. Claro está, la invitación estaría disfrazada de un ropaje catequista para no despertar sospechas de una investigación.

Por otra parte, en la embajada norteamericana el embajador hablaba con Mr. Redman. El Secretario de Estado había leído con atención el informe que el embajador William Sharp le había enviado desde Caracas y había dispuesto investigar para tener conocimiento de la identidad del joven que arrastraba tantos seguidores. El gobierno norteamericano le ofrecería todas las facilidades para que viajara al norte; de ese modo, pretendían ponerlo al lado de la mayor potencia económica y política del planeta. Algo así, incrementaría la percepción del poderío norteamericano y minimizaría la oposición a las políticas externas del gobierno de los Estados Unidos. Mr. Redman propuso enviar una invitación a Jesús para la fiesta que habría en la embajada con motivo del 4 de Julio.

2

Guardaos de los escribas que gustan pasearse
con vestiduras ostentosas,
ser saludados en las plazas,
ocupar los primeros puestos en las sinagogas
y en los banquetes.
—Marcos 12:38-39

Cuando Jesús llegó a la nunciatura, fue recibido en la puerta por un joven sacerdote que pertenecía al entorno del Nuncio, quien lo condujo a un salón en donde departían los obispos. Sobre una mesa habían varias botellas de buen vino y bandejas con exquisitos y finos pasapalos. Jesús se quedó, por una parte, deslumbrado ante lo suntuoso del obsequio y, por otra, extrañado de que en la concurrencia solo estuviese presente un seglar: él. ¿No era aquella una reunión de catequistas? ¿Dónde estaban los otros? ¿Qué habría detrás de aquella invitación? Monseñor Críspulo Mejías se adelantó a saludarlo con un fuerte apretón de manos y un emotivo abrazo. El Cardenal Arzobispo lo saludó cordialmente y lo invitó a conocer al Nuncio y al enviado papal. Jesús intuyó inmediatamente la tramoya y se dispuso a sortear toda la artillería que seguramente enfilarían hacia él aquellas baterías vestidas de negro y púrpura. El Cardenal inició una conversación a manera de preámbulo, preguntando a monseñor Manzini sobre el estado de salud del Pontífice; aseguró que este debía tomar un descanso en su castillo de Castelgandolfo y que debía restringir las audiencias y los viajes. Jesús oía todo con gesto de complacencia y sin intervenir en la conversación. Sin embargo, había llegado el momento; el Nuncio se dirigió a Jesús y le preguntó:

—¿Así que tú eres el famoso Jesús de quien tanto se habla?

—¿Famoso por qué? —preguntó Jesús.

—He sabido de tu sapiencia sobre la palabra de Dios y de que una gran cantidad de gente te sigue a todas partes.

—Y eso, por supuesto, ya lo saben en Roma —aseguró Jesús.

—Por supuesto —contestó el Nuncio— mi deber, como embajador de la Santa Sede, es informar al Vaticano sobre todos los asuntos que conciernen a la fe.

—¿Y qué dicen allá? —preguntó Jesús.

—Quieren tener una visión concreta sobre tu persona —respondió el Nuncio.

—¿Y para eso está aquí Monseñor? —preguntó Jesús señalando a Giovanni Manzini.

Ambos hombres tosieron nerviosamente y se miraron uno al otro hasta que Manzini lanzó el primer proyectil.

—Dime algo hijo, ¿eres católico, apostólico y romano?

—No quisiera envolverme en tantas denominaciones —respondió Jesús—; soy fundamentalmente cristiano y quiero propagar las enseñanzas por las que un pobre Carpintero de Nazaret fue llevado a la cruz.

—¿Y no crees que esas enseñanzas ya han sido propagadas? Desde hace dos mil años la Iglesia predica la palabra de Cristo y el hombre en buena medida la ha asimilado.

—En eso discrepo con usted, Monseñor —contestó Jesús—; las enseñanzas de aquel Jesús son el caldo de cultivo para la santidad y para la construcción de un mundo de amor, de paz y de concordia; pero ese mundo no ha existido jamás. Dígame, ¿dónde están esos sentimientos que unen al hombre como hermanos entre sí y como hijos de Dios? A través de toda la historia el hombre no ha tenido otra meta que la muerte de sus semejantes.

—Han sido ovejas que se han salido del redil —argumentó monseñor Manzini.

—Evidentemente —terció Jesús—; lo triste es que muchas de esas ovejas fueron dignatarios que estaban ahí para sembrar rosas en lugar de espinas.

—¿A qué te refieres? —preguntó el Cardenal.

—La historia es rica en anécdotas, Monseñor —respondió Jesús—. Nombres de ingrata memoria estaban en el más alto sitial de una institución que no tuvo la más mínima dosis de caridad para con sus fieles. Para ellos, la muerte de sus semejantes se convirtió en una forma vil de afianzar un poder temporal que no fue predicado por aquel Carpintero. Él dijo muy claramente: "Mi reino no es de este mundo", sin embargo sus sucesores han tenido una visión muy distinta en beneficio de intereses muy concretos como son el poder y el dominio económico.

Manzini quiso averiguar hasta dónde conocía Jesús los hechos sobre los que a la Iglesia no le convenía remover, sino más bien echarlos al olvido.

—¿Por qué no eres más explícito?

Jesús comenzó a remover toda la porquería que reposa celosamente en archivos bien guardados.

—Gregorio IX —comenzó afirmando— reorganizó el tribunal más represivo de que se tenga memoria. Clemente IV, quien por cierto nunca hizo honor a su nombre, cometió uno de los crímenes más abominables de la historia cuando quemó en la hoguera a una inocente muchacha de apenas diecinueve años.

—Pero Juana de Arco fue declarada santa por Benedicto XV —respondió Manzini.

—¿Y tuvieron que esperar quinientos años para reparar la memoria de aquella mujer, cuando hoy se fabrican santos como salchichas?

El Cardenal carraspeó nervioso; Manzini mostró cierto disgusto por lo que consideró un chiste de mal gusto y respondió.

—Yo, humildemente y en nombre de la Iglesia, he pedido perdón por ese desatino.

—¿Y por los otros, Monseñor? Galileo, el hombre que fundó las bases de la ciencia moderna fue vilmente humillado y amenazado de muerte porque estableció un conflicto entre la ciencia y la fe de la época. Y eso tiene dos nombres: Pío V y Urbano VIII quien, de paso, era su amigo y no tuvo compasión para amenazarlo de muerte. Sixto IV y Torquemada encarnaron el aspecto más horrendo y devastador de aquello que dieron en llamar el Santo Oficio, el cual nunca ha tenido nada de santo.

—Hijo —dijo el Cardenal Arzobispo—; estamos conscientes de ello y reconocemos que fue una época vergonzosa. Pero, ¿no crees que estás considerando solo los aspectos negativos?

—Monseñor —respondió Jesús—, son aspectos que deben quedar grabados en la historia. La maravillosa encíclica *Pacem in terris* de Juan XXIII, con su llamado a la convivencia y a la paz, y la labor unificadora de Juan Pablo II, no son suficientes para borrar de un plumazo aquellos desmanes. Yo le aseguro a usted que todos los que perecieron en la hoguera están gozando de la gloria eterna; en cambio, quienes los ejecutaron... quién sabe dónde estarán. Yo solo espero que el próximo pontífice afronte con valor las reformas urgentes que hagan que el espíritu del pobre Carpintero prevalezca y que no se deje manejar por un entorno palaciego que no tiene nada que envidiar al de los grandes monarcas de la historia.

—¿Cuáles? —se interesó Manzini.

—Monseñor —dijo a su vez, Jesús—; la humildad y la sencillez sobre la que se fundó aquella Iglesia hace dos mil años, ha desaparecido por completo. A través de los siglos esa institución se ha convertido en un poder temporal que no concuerda con la esencia de la doctrina de su fundador. Esa humildad y esa pobreza que tanto predicó aquel Nazareno no es característica, por lo menos, de los altos jerarcas. El Vaticano se ha convertido en un reino de intrigas y conflictos palaciegos. Incluso han llegado a suceder hechos muy sospechosos.

—¿A qué te refieres? —preguntó Manzini nervioso.

—¿Por qué no se ha dado un informe detallado sobre la muerte de Juan Pablo I? ¿No le parece sospechoso?

—¿Y qué cosas, a tu juicio, deberían ser modificadas? —preguntó Manzini fingiendo no haber oído la pregunta.

—Muchas, Monseñor —respondió Jesús de manera

tajante—; las leyes sobre el control de la natalidad y sobre la penalización del divorcio son absurdas. Por una parte no es justo que vengan niños al mundo careciendo de las más elementales necesidades y, por otra, un fracaso matrimonial no puede conducir a una persona a permanecer alejada de su fe por el solo hecho de querer rehacer su vida en el amor. Eso limita la libertad del ser humano y lo hace víctima de preceptos esclavizantes cuyo resultado es el alejamiento de una fe que predica el amor. Incumplir estos preceptos condenatorios no puede ser jamás motivo de pecado. Manzini quiso terminar el interrogatorio y enfiló su último cartucho.

—Jesús, contéstame con claridad: ¿Tú te consideras un nuevo elegido de Dios?

—Usted lo ha dicho, Monseñor —respondió Jesús bajando la mirada.

El Cardenal y el enviado papal abrieron los ojos asombrados y Manzini hizo un gesto al Cardenal indicándole que ya el interrogatorio había terminado. Con una seca cordialidad invitaron a Jesús para que fuese a degustar del obsequio. Manzini le dijo en voz baja al Cardenal:

—Este hombre es peligroso, Monseñor, muy peligroso.

Pero monseñor Críspulo Mejías sonreía complacido.

3

Guardaos de los falsos profetas
que vienen a vosotros con vestidos de oveja
y por dentro son lobos rapaces.
—Mateo 7:15

La Embajada norteamericana estaba llena de invitados. El Embajador ofrecía un cóctel para celebrar el día de la independencia. Altos dignatarios diplomáticos acreditados en el país, personas de la industria y de la banca, representantes de los partidos políticos y de las instituciones emblemáticas del país, campaneaban sus vasos en amena conversación. Todos sabrían que ese día habría un gran ausente: el Presidente de la República, pues las relaciones entre ambos países estaban en su peor momento.

Jesús llegó a la Embajada, trajeado con lo mejor que pudo conseguir prestado. Por primera vez en su vida logró anudarse la corbata que le prestó un vecino junto con una chaqueta que le quedaba un poco holgada. Cuando entró al salón, todos los presentes lo miraron sin mostrar disimulo; al fin y al cabo, ya era una figura pública que había llenado espacios en la prensa y en la televisión. Banqueros y políticos, industriales y embajadores, susurraban comentarios preguntándose extrañados cuál era el motivo de la presencia de aquel joven en la Embajada de los Estados Unidos. Las mujeres fueron las más impresionadas. Unas lo miraban con ojos de admiración, otras con curiosidad, otras con reverencia y hubo hasta quienes lo vieron con ojos de lujuria.

—Está buenísimo —le comentó la esposa de un político a la de un banquero.

—Sí así fue el primero; no me explico cómo dejaron que lo crucificaran —respondió la otra con picardía.

Al fondo del salón, el Embajador, acompañado de su esposa, recibía los plácemes de la concurrencia. A su lado, George Redman escrutaba con ojos de serpiente a las personas que departían alegremente. Cuando el Embajador lo divisó, Jesús saboreaba un pasapalo y se disponía a disfrutar de un *whisky* escocés. Con la sonrisa que lo caracterizaba, el Embajador se abrió paso cortésmente entre los asistentes y se acercó a donde estaba Jesús.

—Hola, ¿cómo estás? —preguntó en perfecto español—. ¿Acabas de llegar?

—Así es —contestó Jesús.

—Bienvenido, me encanta conocerte; soy William Sharp, Embajador de los Estados Unidos.

—Es un placer conocerlo, señor Embajador.

Sharp tomó por el brazo a Jesús y lo condujo al lugar donde estaban Mrs. Sharp y Mr. Redman para hacer las presentaciones de rigor. Los invitados no perdían detalle de los movimientos del Embajador. ¿Por qué tanto interés en aquel pobre muchacho que ni siquiera vestía adecuadamente? Sin embargo, desde que recibió la invitación, ya Jesús había sacado una conclusión sobre el motivo de aquella invitación y se acordó del consejo que hacía dos mil años le había dado a sus seguidores: "Sean prudentes como palomas pero vigilantes como serpientes". Cuando el Embajador lo presentó a Mrs. Sharp, esta le clavó sonriente sus dos ojos azules con una mezcla de curiosidad y admiración y le regaló una diplomática sonrisa:

—Encantada Mr. Jesús —fue todo lo que logró decir y enseguida le presentó a George Redman.

El investigador lo radiografió en cuestión de segundos. Su mirada de ofidio y su olfato de sabueso se pusieron a funcionar con toda la experiencia de muchos años al servicio de la más grande central de investigación del mundo.

—*Nice to meet you* —saludó en inglés, a pesar de que su español era bastante fluido.

—*Thank you* —contestó Jesús en su inglés elemental.

El Embajador quiso romper el hielo hablando generalidades sobre la coincidencia de que ambas fechas patrias, tan importantes para ambos países, fuesen consecutivas. Le explicó a Jesús, con detalle, las celebraciones que se llevaban a cabo en los Estados Unidos para conmemorar tan magna fecha y le hizo un breve recuento sobre la historia de la emancipación norteamericana sin faltar, por supuesto, las semejanzas heroicas entre George Washington y Simón Bolívar. Jesús soportaba estoicamente aquella narrativa, interrumpiendo en ocasiones, para corregir algún desliz idiomático de Su Excelencia, a pesar de que sentía cómo aquellos ojos de reptil lo escrutaban de la cabeza a los pies. Al fin, el Embajador decidió comenzar a afinar la artillería.

—Mr. Jesús, ¿le gustaría a usted conocer los Estados Unidos de Norteamérica?

—No sabe usted cuánto me gustaría ponerme en contacto con la gente de su país —contestó Jesús—, pero mis recursos no me permiten darme ese gusto.

—Eso no es problema, amigo mío; mi Gobierno se encargaría de todos los gastos; incluso le prometo concederle la visa de inmediato.

Jesús tenía ya un panorama claro de las intenciones del Gobierno norteamericano y preguntó:

—¿Y a dónde iríamos, señor Embajador?

Este iba a responder, pero Redman aguzó sus ojos y miró a Sharp dándole a entender que, desde ese momento, sería él quien tomaría las decisiones.

—A Washington y a New York —dijo en forma contundente.

Ya todo estaba claro. ¿Por qué no a Florida o a California? Lo invitaban precisamente a los centros del poder político y económico del mundo. El Embajador fingió que alguien solicitaba su presencia y, dirigiéndose a Jesús, le dijo:

—*Excuse me*, me llama el Secretario de la Embajada. Y dirigiéndose a Redman le dijo:

—*Okey, the floor is yours.*

Jesús sonrió con disimulo. Redman lo invitó a sentarse a una mesa cercana y le describió la maravillosa visita que emprenderían juntos. Desde el Departamento de Estado le enviarían el pasaje y una asignación de quinientos dólares diarios para gastos personales. La obtención del pasaporte era ya un hecho y la fecha de partida le sería notificada a su debido tiempo. Redman llamó a uno de los mesoneros, tomó un vaso con *whisky* para él y le ofreció otro a Jesús. Tenía la esperanza de que el licor le soltara la lengua a su invitado para, así, poder sondearlo con exactitud. Le preguntó sobre su origen, sus padres, su profesión y sus planes futuros;

también necesitaba saber la dirección de su residencia y cuál era su modo de vida. Jesús sorteó lo mejor que pudo aquella avalancha de preguntas "con la sencillez de una paloma pero con la astucia de una serpiente". Sabía claramente cuáles eran los planes que tenían para él y se dispuso a enfrentar el vendaval que se vendría sobre sí en caso de aceptar la invitación. De pronto, se acercó el Embajador y, poniendo la mano sobre el hombro de Redman, preguntó:

—*Okey Redman, what's up*?

Y dirigiéndose a Jesús, le preguntó en tono amable tratándolo de tú:

—¿Lo estás pasando bien?

—Excelente, señor Embajador —contestó Jesús—; le doy gracias por su amable atención pero creo que ya es hora de retirarme; mi madre y mis amigos me esperan, interesados, para que les cuente sobre esta fiesta.

—¿Va entonces a visitar los Estados Unidos? —preguntó Sharp ansioso.

Jesús pensó: "Padre, si esa es tu voluntad, que se haga tal como quieres", y respondió:

—Estaré encantado de hacerlo.

—Mañana mismo me encargaré de todos los trámites y cuando todo esté listo, me comunicaré contigo —y lo volvió a tutear—. Por favor Mr. Redman, consiga un taxi para Mr. Jesús.

En la puerta de la Embajada, Jesús se despidió de Redman y abordó el taxi que lo llevaría de regreso. Ya dentro del taxi, Jesús recostó la cabeza en el asiento trasero y dijo: "Padre, yo no puedo hacer nada por mí mismo. Como oigo, juzgo; y mi juicio es justo porque no busco mi voluntad sino la tuya".

Cuando Redman entró de nuevo a la Embajada, el Embajador lo estaba esperando:

—*What's up*? —le preguntó.

—*We got him* —contestó Redman satisfecho.

Tres cuadras abajo, un vehículo sin placas y con tres hombres a bordo siguió al taxi hasta la casa N.° 5 de Propatria.

4

Toda planta que no sea plantada por mi Padre celestial,
será arrancada de raíz.
Déjenlos. Son ciegos, guías de ciegos;
y si un ciego guía a otro ciego,
ambos caerán en el hoyo.
—Mateo 15:13-14

Jesús y Redman llegaron al aeropuerto en un taxi pagado por la Embajada norteamericana. Mientras ambos salían del vehículo con escaso equipaje, a pocos metros se estacionó un auto sin placas y de él se bajaron tres hombres. Jesús sentía una emoción poco común; era la primera vez que viajaría en avión y estaba disfrutando de cada uno de los pasos que tendría que dar dentro del aeropuerto, repleto de gente con equipajes. Unos caminaban con la seguridad de viajero experimentado; era obvio que iban en uno de sus frecuentes viajes de negocio. Otros, acompañados por familiares, mostraban la alegría natural del viajero turístico. Redman tomó a Jesús del brazo para dirigirse al mostrador de American Airlines con el objeto de chequear los pasajes cuando, en medio del pasillo, Milagros Galbán se plantó de cara a Jesús.

—Milagros, qué gusto verte —dijo Jesús dándole un beso en la mejilla—. ¿Qué haces aquí?

—Hoy me toca cubrir la fuente del aeropuerto —respondió la periodista devolviéndole el beso—. ¿Vas de viaje?

—Solo por unos días; atiendo una invitación —respondió Jesús muy parco.

Tenía instrucciones precisas de no revelar el destino de su viaje ni dar detalles del mismo. Redman se separó unos metros de Jesús para evitar ser presentado a Milagros Galbán; los periodistas, sobre todo si son mujeres, tienen un olfato demasiado fino para oler las situaciones y una agilidad extrema para sacar informaciones inconvenientes; pero sus oídos, acuciosos, no perdían detalle de la conversación. Por su parte, los tres hombres del auto sin placas, hicieron lo mismo. Simulaban buscar a alguien, dando vueltas alrededor de la pareja, tratando de no perderla de vista.

—¿A dónde viajas? —preguntó Milagros.

—A los Estados Unidos —respondió Jesús.

—Vi la entrevista que te hizo Maru por televisión. También me enteré de que estuviste reunido con la Conferencia Episcopal y que fuiste invitado a la Nunciatura y a la Embajada norteamericana.

Era obvio que Milagros le seguía los pasos como toda una *paparazzi*. Después del éxito periodístico de aquella primera entrevista, estaba decidida a ir tras el premio nacional de periodismo.

—¿Quieres declarar algo para mis lectores?

—Ahora no, Milagritos; mi vuelo sale en media hora y tengo que chequearme. Cuando regrese, te prometo que nos veremos.

Le dio un beso y se despidió.

Ya a bordo del avión, Jesús y Redman consumían su tiempo leyendo algunas revistas, pero cada uno por su lado tenía el cerebro atiborrado de consideraciones sobre el resultado de aquella visita. Jesús se preparaba para sortear la batalla a la que iba a ser sometido por los hombres más poderosos del mundo. Sabía las aviesas intenciones de quienes habían invitado al pobre hijo de un conuquero de La Ceiba, a sentar sus nalgas en el centro del poder mundial. Redman, por su parte, pondría a su invitado en manos de sus superiores, rendiría su informe y allí terminaría su labor.

El avión se desplazaba plácidamente sobre el mar Caribe; el capitán apagó el aviso que ordenaba mantener abrochado el cinturón de seguridad y las aeromozas se prepararon para servir el refrigerio cuando de la parte trasera del avión se levantaron dos hombres. Uno de ellos se dirigió a la parte delantera, cerca de la cabina de mando, y el otro se detuvo a medio camino. Redman puso a funcionar su olfato de investigador y sus ojos no se apartaban de aquellos dos sospechosos. Intuyó lo peor; aún mantenía fresco en su memoria el recuerdo del derrumbe de las Torres Gemelas. Instintivamente se palpó la cintura a sabiendas de que estaba desarmado. Era originario de Kansas y había ingresado en la CIA hacía diez años. Su formación profesional lo había hecho pasar por diversos departamentos de la central de inteligencia; sin embargo, tenía poca experiencia en eso del terrorismo internacional; por eso una corriente fría recorrió su espina dorsal y lo único que logró articular fue un silencioso:

"*Oh, my God*!".

En el asiento de al lado, Jesús observaba a uno y otro hombre y enseguida supo lo que pasaría. Lo triste era que, en su primer viaje, estaba a punto de tener una terrible experiencia. Si lo que se avecinaba iba a ser como lo presenta Hollywood en sus películas, aquella situación no tendría nada de envidiable. A una señal del primero, los dos hombres desenfundaron sus armas y apuntaron a los pasajeros.

—Atención —gritó el que fungía de jefe—; esto es un secuestro. ¡Somos miembros del ERN y necesitamos este avión!

El pánico cundió entre los pasajeros y algunas mujeres rompieron en llanto y se aferraban desesperadas al compañero de asiento.

—Sigan nuestras instrucciones —continuó el hombre con un marcado acento colombiano— y nadie saldrá herido. No se muevan de sus asientos.

Le hizo una señal a su compañero y entró en la cabina del piloto mientras el otro no dejaba de apuntar nerviosamente a los pasajeros. Jesús bajó la mirada y murmuró: "Padre, te doy gracias por haberme oído; sin embargo, que se haga tu voluntad tanto en el cielo como en la Tierra".

El hombre, sin dejar de apuntar, se paseaba por el pasillo sin poder disimular el nerviosismo que lo embargaba. Jesús levantó ambos brazos para llamar la atención del secuestrador; este se le acercó y lo apuntó directamente.

—¿Qué coño te pasa a ti? —le preguntó— Baja los brazos y no te muevas, carajo.

En eso sucedió el milagro. Jesús lo miró fijamente a los ojos y el hombre parpadeó. ¿Qué le pasaba? ¿Qué tenía aquella mirada tan profunda, tan dominante que le impedía hacer lo que debía haber hecho? ¿Por qué sus músculos no obedecían a las directrices de su cerebro? ¿Qué carajo tenía este muchacho que le helaba las neuronas? Jesús se levantó suavemente de su asiento, ante el asombro de Redman, y se dirigió lentamente hacia el hombre. Este bajó el arma y Jesús le tendió la mano para pedírsela. Redman y los pasajeros no salieron de su asombro cuando el hombre, mansamente, depositó el revólver en las manos de Jesús. De inmediato, Redman se levantó y corrió hacia la parte delantera justo al lado de la cabina del piloto. Jesús tomó al hombre por el brazo y lo sentó suavemente en el asiento contiguo al suyo. Él también se sentó y le pasó el brazo sobre los hombros. El hombre lo miró fijamente como buscando una explicación a lo que sentía dentro de su corazón; en su mirada había una mezcla de arrepentimiento y de angustia. Jesús lo miró dulcemente y en su boca esbozó una sonrisa seductora. De los ojos del secuestrador salieron dos grandes lágrimas, recostó la cabeza en el hombro de Jesús y rompió a llorar. Por el momento, la mitad del peligro estaba conjurado.

En la parte delantera, Redman se apostó a un lado de

la puerta de la cabina en espera de que el otro saliera. Con su gran estatura y su fortaleza física le sería posible dominar a aquel otro hombre que se veía muy joven y

mucho menos fuerte. No tuvo que esperar mucho; el hombre abrió la puerta para llamar a su compañero y en ese momento una mano poderosa se aferró a la mano armada y un brazo musculoso le rodeó la garganta. El arma rodó por el suelo y Redman la alejó de un puntapié, dobló el brazo del hombre detrás de su espalda y lo tumbó al suelo. Ya todo estaba resuelto. Entre el copiloto y algunos pasajeros dominaron al secuestrador y, junto a su compañero, los inmovilizaron hasta llegar a su destino. El capitán hizo un informe minucioso a la torre de control de Miami, en donde harían escala para poner a ambos hombres en manos de la policía.

El avión tocó tierra dos horas más tarde en medio de un extremo despliegue de seguridad. En la pista no solo estaban los vehículos de la policía sino las autoridades de seguridad del aeropuerto. En el túnel de salida se aglomeraba gran cantidad de periodistas. La noticia había corrido como un reguero de pólvora. Los dos hombres fueron puestos a buen resguardo y los pasajeros comenzaron a salir del avión, pero ninguno seguía su camino; todos se quedaban cerca de la puerta en espera de que saliera quien milagrosamente había comenzado a dominar la situación.

Cuando Jesús salió, acompañado de la tripulación, todos irrumpieron en aplausos; las cámaras fotográficas no dejaban de funcionar y las de televisión se acercaron a tomar primeros planos. Jesús se encontró, de repente, rodeado de periodistas que lo acosaban a preguntas, unas en inglés, otras en español. El pobre no sabía qué hacer ante la avalancha humana que lo rodeaba. Redman lo tomó de un brazo y lo empujó hacia una de las oficinas de inmigración; mostró su carné de identificación de la CIA y cerró la puerta en las narices de la multitud que aclamaba a Jesús.

Ya pediría instrucciones a sus superiores.

5

Mis ovejas escuchan mi voz.
Yo las conozco y ellas me siguen;
yo les doy la vida eterna y no perecerán jamás;
no me las arrebatará nadie de mis manos.
—Juan 10:27-28

A las puertas de la policía política se estacionó un auto sin placas y de él bajaron tres hombres. Los pasillos de la Central policíaca hervían de actividad; los detectives entraban y salían cumpliendo labores de inteligencia. Unos iban de civil y otros uniformados, con chalecos antibalas y armas largas. Los tres hombres buscaron la oficina del jefe de investigaciones.

Este Saturno Malpieri, de ancestros italianos y con un nombre tan poco común, era blanco de chistes subrepticios; bajo cuerda, muchos lo llamaban Satanás Malparido porque en realidad era un hombre que hacía honor a su apodo. No solo tomaba muy en serio su labor represiva sino que la dureza de sus acciones y la crueldad, muchas veces extremas, que usaba contra los detenidos, hacía que sus seguidores no solo lo obedecieran ciegamente, sino que también lo temieran. Y a su oficina fueron a parar los tres hombres del auto sin placas.

—*Buon giorno* —saludó uno de ellos tratando de congraciarse con su jefe al recordarle su ascendencia itálica.

—Buenos días —contestó secamente Malpieri—. ¿Hay alguna novedad?

—El hombre se fue de viaje, jefe —respondió el detective.

—¿Cómo que se fue de viaje? ¿Y adónde fue?

—A los Estados Unidos en el vuelo 645 de *American*. Salió a las 8 y 45 de la tarde.

—Qué cagada —fue todo lo que pudo articular Malpieri—. ¿Con quién se fue?

—Sabemos que se fue con un miembro del personal de la Embajada norteamericana; posiblemente un agente de la CIA.

—¿De la CIA? ¿Y qué coño quieren esos carajos con un pobre güevón?

—No lo debe ser tanto cuando están tan interesados en él —respondió el agente—; fíjese que, tal como lo reportamos, estuvo de visita en la Embajada y en la Nunciatura.

—¿Y a qué parte de los Estados Unidos fue?

—Averiguamos que fue con destino a Washington, con escala en Miami.

—¡Carajo! —exclamó Malpieri—. Nada menos que a Washington. Voy a informar de inmediato al Ministro.

El ministro de Relaciones Interiores era un militar retirado cuya cara de güevón contrastaba con su figura fornida. Oyó todo lo que Malpieri le informó y enseguida llamó a su secretario y le ordenó que lo contactara con el Embajador en Washington a quien le impartiría órdenes precisas con el fin de que vigilara todos los pasos de Jesús; en valija diplomática, el Embajador recibiría órdenes detalladas.

—¿Le pongo esto como punto de cuenta para la reunión de gabinete? —preguntó el secretario.

—No, aún no —respondió el Ministro. Necesitaba tener noticias más concretas para informar al Presidente.

En el Ministerio de Relaciones Interiores, el secretario del Ministro salió a cumplir con su misión y, en la central policíaca, Malpieri despidió a los tres hombres del auto sin placas con órdenes de esperar nuevas instrucciones; pero a la casa N.° 5 de Propatria, Pedro, Santiago, Andrés y Juan llegaron en busca de Jesús. Sabían que lo habían invitado al norte pero nunca supieron cuándo viajaría. La gente que seguía a Jesús lo buscaba afanosamente y ellos, sus amigos cercanos, no sabían qué decirle. Quien abrió la puerta fue María Magdalena. Allí estaba ella, mostrando todo su atractivo femenino. La tristeza y la preocupación que había en su rostro no desmejoraba un ápice la hermosura de su rostro. Su pelo recogido hacia atrás resaltaba la belleza de aquellos ojazos negros que tenían una mirada profunda y seductora. A su lado estaba la otra María, la madre, igualmente bella e igualmente preocupada.

—Hola hijos —saludó María, la madre—; pasen adelante.

Después de intercambiar besos y saludos, Simón Pedro se dirigió a María Magdalena con toda la fogosidad de su carácter.

—María, ¿dónde está Jesús? La gente lo busca por todas partes y no sabemos qué decir.

María Magdalena miró a María, la madre, con una mirada cómplice y bajando los ojos dijo:

—Jesús se fue de viaje.

Ambas Marías esperaron el reproche de aquellos cuatro hombres que no habían sido informados sobre la ausencia de su líder y esta no se hizo esperar. ¿Por qué no fueron informados sobre el día del viaje? ¿Cuándo regresaría? ¿Qué le dirían a sus seguidores? María, la madre, se sentó tímidamente en una de las poltronas del recibo; su misión era, nuevamente, ocupar un segundo plano a la sombra de su hijo. A pesar de la fama de la que ya gozaba Jesús, ella permanecía relegada como a la espera de algo que inexorablemente ocurriría más temprano que tarde. Su corazón de madre ya empezaba a sentir el dolor de la inquietud. Cuando Jesús llegaba a la casa, aquel corazón materno se inflamaba de alegría, pero cuando permanecía ausente, no cesaba de latir con fuerza, presa de los impulsos que enviaba su cerebro por el cual pasaban terribles presentimientos. En más de una ocasión, Milagros Galbán había tocado a su puerta con el ánimo de hacerle una entrevista, pero ella declinaba aquel honor con sencillez y humildad provinciana. Su papel, nuevamente, no era figurar sino esperar. Y eso hacía.

Pero María Magdalena no; ella estaba en otro plano; era, tal vez, la preferida de Jesús, la única mujer que lo acompañaba por doquier; ella había vivido, junto a él, los momentos más dramáticos de su vida. Había estado sentada entre el público que presenció la entrevista televisiva de Maru Pérez Ospino; lo había esperado a las puertas de la Conferencia Episcopal y de la Nunciatura Apostólica y esperó ansiosa su regreso de la Embajada norteamericana. Tuvo que correr muy duro, a su lado, el día de la balacera a las puertas del bar "Aquí me quedo". Jesús había hecho solo dos milagros y uno de ellos se lo hizo precisamente a ella cuando le quitó la dependencia a la droga; pero sobre todo, y por si fuera poco, ella lo amaba, en silencio, pero lo amaba aun a sabiendas de que le estaba vedado, no porque fuera indebido, sino porque ella sabía con certeza cuál era la misión del hombre al que le había dado su corazón. Cuando Jesús le comunicó que se ausentaría por unos días, estuvo a punto de echarse en sus brazos, confesarle su amor y besarlo con toda la pasión de una mujer enamorada. Sin embargo se limitó a despedirse de él con un abrazo y un inocente beso en la mejilla. Por eso, a ella y solo a ella y a su madre, Jesús le comunicó la fecha de su viaje; temía que si lo sabían otras personas, estas se apostarían en el aeropuerto con resultados impredecibles. Jesús sabía muy bien que la policía política le seguía los pasos y no quería poner en riesgo a sus seguidores. María Magdalena le comunicó esto último a sus otros amigos y estos tuvieron que entender. ¿Esta situación sería un caso fortuito o sería que María Magdalena estaba destinada, en esta ocasión, a ser la líder del grupo de seguidores de Jesús?

6

... sepulcros blanqueados
que por fuera aparecen hermosos
pero por dentro están llenos de huesos de muertos.
Parecen justos ante los hombres pero por dentro
están llenos de hipocresía e iniquidad.
—Mateo 23:27-28

A las 11 y 15 de la mañana de aquel caluroso día de verano, un *jet* Citation comenzó a tomar pista en el Ronald Reagan Washington National Airport. George Redman había recibido la orden de tomar un avión de la

Agencia Central de Inteligencia con el fin de mantener el mayor sigilo sobre la llegada de Jesús a Washington. Este, por su parte, disfrutaba de la vista del río Potomac y desde el aire observó el cementerio de Arlington; sabía que allí reposaban los restos de John F. Kennedy, cuya muerte permanecía aún en insondable misterio. Jesús sentía una enorme curiosidad por aquella ciudad, capital del mayor imperio del mundo moderno y centro del contundente poder militar. Durante el vuelo había atiborrado a Redman de preguntas sobre la geografía de la ciudad y este le prometió mostrarle los sitios de mayor interés. El jet se detuvo al final de la pista y un vehículo, con dos hombres a bordo, se acercó sigilosamente a la puerta por la cual descendieron Jesús y Redman quienes abordaron rápidamente el vehículo, el cual partió de inmediato rumbo a las oficinas de la CIA.

Cumpliendo lo prometido, Redman le ordenó al conductor que diera una rápida vuelta por la ciudad y así le mostró a Jesús los sitios emblemáticos de la capital de los Estados Unidos. Le mostró el Capitolio, epicentro de la ciudad, en cuyo interior existe un fresco de Constantino Brumidi en honor a George Washington. También lo llevó al Lincoln Center y, en la calle 10 con Pennsylvania, NW, las oficinas del FBI. Luego enfilaron por la misma calle hasta llegar al sitio más importante del mundo: la Casa Blanca.

"De modo que aquí es donde vive el César del siglo XXI" —pensó Jesús—; "entre él y Tiberio habrá muy pocas diferencias".

Sin embargo, ninguno de los ocupantes del vehículo notó que una insignificante motocicleta los seguía a cierta distancia. En ella iban dos hombres, el conductor y otro, sobre cuyo hombro colgaba una cámara fotográfica. Iban tras la noticia y, como buenos *paparazzi* cumplían su objetivo. La noticia de lo sucedido en el vuelo 645 desde Caracas había corrido como pólvora por todas partes. *El Miami Post* había titulado: "Milagro en el aire". El *New York Daily News* fue más explícito: "Solo Jesucristo pudo haberlo hecho" y *The Washington Herald* tituló: "*Welcome to Washington, Jesus Christ*".

Ante la magnitud de lo acontecido, los periódicos se comunicaron con sus corresponsales en Venezuela y estos enseguida les informaron sobre todo lo concerniente al personaje que era noticia de última hora. No solo los pusieron en conocimiento de los aspectos terrenos, sino de las implicaciones de tipo religioso que habían llevado a la sospecha de que se trataba del mismo personaje que hacía dos mil años había dividido la historia en dos partes muy definidas: antes de Él y después de Él. Los reporteros de diarios importantes de Washington estaban a la caza de la llegada de Jesús; todos buscarían una entrevista exclusiva pues sabían que el tiraje alcanzaría cifras astronómicas.

En Miami, la comunidad cubana se dispuso a solicitar de Jesús un pronunciamiento en contra del régimen de Fidel Castro; en Nueva York, sospechando que Jesús iría de visita a la ciudad, se estaban haciendo preparativos para recibirlo con la tradicional lluvia de serpentinas con que suelen recibir a los héroes. En Washington los grupos antiglobalización, y los que rechazan la guerra contra Irak, ya preparaban sus pancartas en espera de la llegada del supuesto mesías, pero la CIA había planeado todo con el fin de que su invitado llegase a destino de incógnito. Sin embargo, no contaron con la habilidad de los buscadores de noticias, cuyas fuentes de información son tan efectivas como las de la propia central investigadora y así, cuando se detuvieron a las puertas del edificio sede de la CIA y los ocupantes se bajaron del vehículo, la lente de una cámara fotográfica no dejó de disparar hasta que los cuatro hombres penetraron al interior del edificio.

El grupo entró directamente a la oficina de Donald Rutherford, Comisionado para Asuntos Latinoamericanos, el cual saludó muy cordialmente a Jesús en buen español. Eran aproximadamente las 2 de la tarde y Rutherford lo invitó a almorzar informándole que a las 4 tendrían una reunión con un grupo de personalidades de la oficina. Jesús aceptó encantado no solo por el hambre que le punzaba el estómago, sino porque ya sabía lo que se traían entre manos aquellos que todo lo podían.

El almuerzo se llevó a cabo en el comedor de los ejecutivos. Allí se hacían los *lunchs* con los que suelen mitigar el hambre las personas sobre cuyos hombros reposan grandes responsabilidades y, por lo tanto, disponen de tiempo limitado para almorzar. El *lunch* consistió en pizza y *Coke*. Jesús se sorprendió cuando le trajeron un vaso con casi medio litro de un café aguado que no tenía nada que ver con el "negrito" o el "marrón" al cual estaba acostumbrado. Durante el almuerzo Mr. Rutherford habló generalidades. Le explicó a Jesús las bondades de la cocina norteamericana y le prometió que, en la cena, lo invitaría a un restaurante de mayor categoría para que degustara de un buen *T-bone steack* con ensalada de repollo y brócoli sobre una cama de lechuga.

Además, la cena estaría precedida por un buen escocés seguida de un delicioso tinto español. Rutherford dio por concluido el *lunch* diciendo:

—Espero que su estadía entre nosotros sea de su agrado, Mr. Jesús.

—Estoy seguro de que así será —respondió este con una picara sonrisa.

Con exactitud norteamericana, Redman condujo a Jesús a una sala provista de una mesa a cuyo alrededor se alineaban varias sillas. Jesús se sentó en una de ellas y Redman se colocó en la silla contigua. Al rato se abrió la puerta y entró Mr. Rutherford seguido de dos de sus asesores uno de los cuales fungiría de traductor en caso de ser necesario. El comisionado dijo:

—En un minuto vendrá miss Fletcher.

Esta era una especie de asesora de seguridad de la oficina, nativa de New York, y tenía más de diez años haciendo labores de inteligencia, por lo cual era considerada una verdadera veterana en asuntos internacionales. Rutherford tenía plena confianza en su capacidad de trabajo y, sobre todo, en su olfato para detectar situaciones delicadas. Era una mujer de unos cuarenta años bien llevados, con una elegancia natural que rayaba en lo provocativo. Tenía unas facciones hermosas y en su cara, adornada con un pelo rubio bien cuidado, se veían un par de hermosos ojos azules de mirada penetrante. Cuando miss Fletcher entró a la oficina, Jesús quedó deslumbrado ante la belleza de aquella mujer; sin embargo, cuando se le acercó para estrecharle la mano, Jesús se sobresaltó y una corriente fría recorrió todo su cuerpo. Aquella mujer olía a cobre; sí, al mismo cobre que su olfato había detectado en el hombre con el cual había subido de excursión a El Ávila. Por su parte, Mr. Rutherford era un hombre de unos sesenta años, pelo cano y ojos castaños. Pertenecía al partido Demócrata y, al caminar, cojeaba ligeramente del pie derecho, producto de una herida de bala durante la guerra de Vietnam. A diferencia de miss Fletcher, cuya voz era dulce y provocadora, Rutherford tenía una voz dura y autoritaria. Ambos se sentaron frente a Jesús quien permanecía al lado de Redman. Los otros dos asesores se sentaron a ambos lados de sus jefes. El que fungiría de traductor, sacó una libreta y un lápiz y los colocó sobre la mesa. Jesús bajó la mirada y dijo para sus adentros: "Padre, todo el poder y la gloria residen en Ti. No me abandones en estos momentos".

Cuando levantó la mirada, se encontró con dos ojos azules que lo miraban profundamente y con una sonrisa burlona y retadora. Jesús se irguió en toda la magnitud de su figura y, ante el asombro de sus interlocutores, fue él quien tomó la delantera.

—Bien Mr. Rutherford —comenzó diciendo—; quiero agradecerle todas las atenciones que han tenido para con mi persona. Ustedes tienen un gran país que han construido sobre la base de trabajo, esfuerzos e iniciativas; sin embargo, tengo gran curiosidad por saber cuál es el fin último de tan amable invitación.

Rutherford, quien permanecía recostado al respaldo de su silla, se adelantó, puso ambas manos sobre la mesa y comenzó a disparar su artillería.

—Mr. Jesús, a nuestros oídos han llegado cosas muy interesantes sobre su persona. Tenemos noticias de que usted posee un gran arrastre en su país; se nos ha dicho que hay multitud de personas que lo siguen por doquier y que se reúnen para oírlo hablar. Incluso se han hecho conjeturas muy precisas que lo vinculan a usted, en alguna forma, con Jesús de Nazareth.

Jesús esbozó una sonrisa y miró de frente a la Fletcher. Esta hizo un gesto de rechazo y sus ojos azules mostraron una mirada de odio. Jesús sintió con mayor intensidad el olor a cobre que emanaba su cuerpo; sabía que él, y solo él, podía sentir aquel olor tan desagradable.

—¿Y qué otra cosa han dicho de mí? —preguntó Jesús.

—Hablan de la sanación milagrosa de una de sus seguidoras; además, lo que usted hizo en el avión, ¿no fue un milagro?

—Así es —respondió Jesús—; pero tenga en cuenta que los milagros provienen solo de Quien todo lo puede.

—Mr. Jesús —respondió Rutherford—; yo soy un hombre creyente y estoy de acuerdo con usted; por eso, en esta oficina tenemos la certeza de que usted es alguien muy especial, tal vez único, en estos momentos tan críticos de la historia de la humanidad.

—De eso no le quepa duda —respondió Jesús sonriente, sin dejar de mirar a miss Fletcher.

—Es por eso que, en nombre del Gobierno norteamericano, quiero invitarlo a nuestro país. Queremos brindarle nuestra hospitalidad; incluso le daremos la residencia.

—¿Con qué finalidad, Mr. Rutherford?

—Usted está llamado a ser una persona muy influyente y por eso queremos tenerlo de nuestro lado.

—Y, ¿con qué finalidad? —volvió a preguntar Jesús.

Rutherford se movía intranquilo en su silla. Buscaba el momento para lanzar la estocada y tendría que hacerlo con mucha diplomacia. Jesús era un muchacho muy joven pero, tratándose de quien él creía que era, tendría que ser muy prudente al hablar.

—Permítame un segundo, Mr. Rutherford —dijo la Fletcher. Su voz era atractivamente melosa; escogía con cuidado cada palabra para que estas surtieran el efecto deseado—; sugiero que hagamos un *coffee brake*.

Y acercándose a su jefe, le dijo al oído:

—Permítame hablar dos minutos con él.

Todos se levantaron y se dirigieron a una mesa en la cual había una cafetera y una bandeja con bocadillos.

Cuando Jesús tomó la taza para servirse un café, sintió a sus espaldas un atenuado olor a cobre que ya le era conocido. Sin embargo aquellos ojos azules eran los ojos más hermosos que había visto en su vida. Los entrecerraba con un gesto de sensualidad que combinaba a la perfección con unos labios hermosos que invitaban al beso. Aquella mujer era realmente hermosa y sensual. A través de su vestido, muy ajustado, resaltaban unas caderas perfectas y por debajo de la falda, se asomaban una piernas bellísimas que despertaban la lujuria de cualquier hombre. Bajo su blusa se dibujaban unos senos firmes y provocadores que remataban en dos pezones que pugnaban por salirse del vestido. Jesús no pudo dejar de sentir un deseo humano por aquella mujer que lo provocaba abiertamente ante la indiferencia de los presentes que estaban muy ocupados bebiendo café y conversando entre ellos. ¿Es que acaso los otros no se daban cuenta de la hermosura de aquella mujer? ¿O es que solo él podía notarlo?

—Bien Jesús —atacó miss Fletcher con una voz provocadora—; ¿cómo terminó tu excursión a El Ávila?

—Aléjate de mi Satanás —rechazó Jesús mirando al suelo—. Déjame en paz que mi hora no ha llegado.

—Precisamente por eso. Esa hora a la que tanto temes puedes evitarla en esta ocasión. Aquí puedes llegar a ser un hombre poderoso; estás en el centro del poder y tú, siendo quien eres, puedes convertirte en el personaje más importante de un imperio que se pondría a tus pies.

—Ya sabes lo que dije en aquella ocasión: "mi reino no es de este mundo". Yo no he venido a dirigir naciones que luchan unas contra otras tratando de eliminarse. Yo he venido a volver a sembrar la concordia y el amor entre los seres de este planeta.

—Vas a fracasar de nuevo. El mundo actual es infinitamente superior y atractivo que el que te tocó vivir. La diversidad de razas, religiones e intereses políticos y económicos es de una complejidad tal que, a pesar de que tu mensaje llegue al mundo entero, cada cual querrá tomarlo como propio y eso ahondará las diferencias.

—Yo haré lo que mi Padre me ha encomendado. En sus manos está la forma de repartir la semilla que yo logre sembrar.

—Jesús —insistió aquel Satanás de ojos azules—; no seas tonto. Los placeres que yo puedo proporcionarte son de tal magnitud que cualquier hombre daría su alma por estar en tu lugar.

—Basta Satanás; no me sigas tentando, aléjate de mí —dijo Jesús en voz baja pero firme.

Miss Fletcher le dio la espalda con evidente disgusto y dijo:

—*Okey*, Mr. Rutherford, ya podemos reanudar la reunión.

Todos se sentaron de nuevo y el Director tomó la palabra.

—Bien Jesús; el Presidente está muy interesado en incrementar la imagen de los Estados Unidos en todo el mundo. Francia y Alemania nos han negado su apoyo en el asunto de Irak. Las relaciones con Cuba siempre han sido malas y ahora Venezuela nos ha dado la espalda con graves acusaciones. El Secretario de Estado hace grandes esfuerzos en busca de apoyo a nuestra política exterior. El asunto entre los palestinos y los israelíes es un verdadero dolor de cabeza. El terrorismo árabe nos tiene consternados y actualmente es una espada de Damocles que tenemos sobre nuestras cabezas. Nuestra invitación tiene como fin tratar de convencer a usted de que se ponga de nuestro lado; estamos seguros de que, siendo usted quien creemos que es, una declaración suya, alguna expresión de apoyo e incluso una fotografía con el Presidente de los Estados Unidos, tendría efectos muy favorables a favor de la lucha contra el terrorismo que nuestro Gobierno tiene pactada. Nosotros estamos dispuestos a concederle lo que usted nos pida, incluso la ciudadanía norteamericana con todas las prebendas que ello implica. ¿Qué nos dice?

—Sr. Director —comenzó su respuesta Jesús—; el reino del amor no tiene ciudadanía; el reino del amor debe ser universal y debe manifestarse en la preocupación que cada uno tiene por su prójimo. Un país como el suyo, con el inmenso poder económico que posee, podría convertirse en un peso que incline el fiel de la balanza en favor de los desposeídos del mundo. ¿No cree usted que alguna parte de las inmensas fortunas que existen en su país podría contribuir a paliar el hambre en países como Biafra, Haití y otros muchos en donde los niños mueren por desnutrición porque no tienen cómo alimentarse? Es claro que quien ha amasado su fortuna a través de un trabajo constante y efectivo tiene derecho a disfrutar de sus beneficios pero, caramba, no es lógico que permanezcan tan indiferentes ante elementales necesidades de otros seres que también son hijos de Dios.

Los presentes oían a Jesús con la mirada hacia abajo; solo Miss Fletcher sonreía maliciosa; ese era el terreno donde reinaba. Allí el odio y hasta la envidia dividía a los seres humanos y el resentimiento entre unos contra otros se profundizaba.

—Perdone que le diga algo con crudeza —continúo Jesús—; ustedes hablan de países amigos o aliados. Su país, Mr. Rutherford, no es amigo de nadie. Su país es amigo solo de los intereses económicos que pueda usufructuar en otros países. ¿Por qué no ayudan a Haití para que sus habitantes tengan un mejor nivel de vida? Simplemente porque Haití no tiene petróleo. Tan simple como eso.

Se hizo un silencio en la sala. El Director no atinó a abrir la boca, pero sí lo hizo Miss Fletcher. Al principio su voz sonó melodiosa pero a medida que hablaba, solo Jesús notó que se hacía ronca y carrasposa.

—Jesús —aconsejó—; yo siendo usted lo pensaría mejor. Quédese entre nosotros y ese reino que pretende implantar será mayor y poderoso.

Lo último lo dijo con una sonrisa burlona. Jesús no contestó; el enfrentamiento que había tenido con aquel Satanás de ojos azules, boca sensual y senos seductores, debía pasar inadvertido para el resto de los presentes. Quien habló esta vez fue Rutherford.

—Mr. Jesús; debo pasar mi informe al Secretario de Estado. ¿Qué le digo?

—Dígale que declino la oferta que me hacen. Dígale que enfoque su atención hacia las necesidades de tantos países africanos que viven en un infamante subdesarrollo. Dígale que, además de buscar el apoyo de los dirigentes políticos, los convenza de que deben trabajar a favor de los pobres del mundo. Dígale que las "cumbres de presidentes" son una pérdida de tiempo y dinero si no hacen algo efectivo para remediar las desigualdades tan profundas que existen entre los seres humanos. No basta denunciar las injusticias con discursos ampulosos que, por lo general, ninguno de los presentes escucha; hay que actuar Mr. Rutherford, actuar de verdad y no perderse en la retórica diplomática. El poder no puede ser el fin último del hombre; el poder debe tener un sentido social que ponga al hombre como centro del universo. Tenga en cuenta que todos somos hermanos y todos tenemos derecho a disfrutar de los bienes creados por un Padre que nos ama por igual. Y ahora, Mr. Rutherford, mucho le agradecería me ayuden a regresar a mi país; aún tengo mucho que hacer.

—Todos se levantaron con mucha reverencia y estrecharon la mano de Jesús en señal de despedida.

Jesús se rió con picardía y salió de la oficina. Solo la Fletcher permaneció sentada con la mirada llena de odio, perdida en el infinito; una vez más Satanás había sido derrotado.

7

He aquí a mi siervo, a quien escogí;
mi amado en quien se recrea mi alma.
Pondré mi espíritu sobre Él
y anunciará la justicia a todas las naciones.
No disputará ni gritará (...).
En su nombre pondrán las gentes su esperanza.
—Mateo 12:18-21

Al día siguiente, el Washington Post publicó en primera página la fotografía de Jesús en el momento en que descendía del vehículo a las puertas de la CIA. El título interrogativo: "¿Cristo en Washington?" produjo la esperada reacción entre la población. Las calles adyacentes al edificio se llenaron de gente que portaban pancartas hechas al momento: "Jesús, sálvanos". "Señor, tú lo puedes todo; detén la guerra". "No a la intervención en Irak". Otras mostraban un corazón en cuyo centro se leía: "Jesús, *I love you*". Por órdenes superiores, Jesús había pernoctado en las mismas oficinas de la central, pero cuando los investigadores, con Redman a la cabeza, se disponían a sacarlo del edificio con destino al aeropuerto, se encontraron con que las adyacencias estaban llenas de gente que pedía verlo. Flanqueado por cuatro fornidos agentes, Jesús fue llevado a la parte lateral del edificio, pero al abrir la puerta, se encontraron también con gran cantidad de personas que gritaban consignas a favor de la paz y en contra de la guerra. La policía se vio obligada a establecer un cordón de seguridad con el fin de poder sacar a Jesús; por fin un auto logró estacionarse frente a la puerta. Cuando Jesús salió, la gente se desbordó en manifestaciones de diversa índole. Unos, con lágrimas en los ojos, pedían que los bendijera; otros se santiguaban; muchos se arrodillaron y entraron en una especie de trance místico. Jesús fue prácticamente empujado dentro del vehículo y tres hombres penetraron en él. Las cámaras fotográficas de los periodistas disparaban, sin cesar, en busca del mejor ángulo cuando el auto partió velozmente buscando una salida expedita. Las instrucciones habían sido muy claras: llevarlo a las afueras de la ciudad, darle un largo paseo hasta que la gente despejara las calles y, en el momento conveniente, llevarlo al aeropuerto y enviarlo de regreso a su país. Ese momento no llegaría hasta bien entrada la noche. Lo que no pudo evitarse fue que los reportes, con fotos incluidas, fueran transmitidos por las agencias internacionales de noticias.

Sin embargo, al llegar al aeropuerto, los agentes se toparon con Harry Queen, un conocido entrevistador de CNN, cuyas fuentes de información le habían advertido sobre el particular. Harry Queen manifestó a los agentes su interés por hacer una entrevista a Jesús desde el estudio del canal televisivo. Los hombres se mostraron reacios a complacer las exigencias del entrevistador, pero ante la insistencia y, sobre todo, la importancia, a nivel mundial, del entrevistador, decidieron solicitar la autorización de sus superiores. Estos accedieron con la orden expresa de no apartarse de Jesús y de regresarlo a Venezuela apenas terminara la entrevista.

La comitiva partió rumbo a los estudios de CNN y dos horas después comenzó la grabación del programa que sería transmitido a los dos días. CNN promocionó la entrevista con gran despliegue y así, el día en que el programa salió al aire, los sistemas de comunicación satelital colapsaron, ya que más de la mitad del planeta se dispuso a ver la transmisión.

El entrevistador comenzó por presentar a Jesús como un joven venezolano, de mente preclara, el cual en su tierra natal había aglutinado a un sinnúmero de seguidores. Sin embargo, aclaró, esto no sería nada novedoso si no fuera porque, además, había hecho dos milagros, y uno de ellos patente, al evitar el secuestro de un avión en el cual viajaba con unos ciento cincuenta pasajeros. Con mucha habilidad, Harry Queen abrió el ciclo de preguntas haciendo referencia, precisamente, a lo sucedido en el avión.

—Jesús, ¿considera usted que lo que hizo durante el vuelo fue un milagro?

—Así es —dijo bajando la mirada.

—¿Y de dónde obtuvo usted ese poder sobrenatural?

Jesús consideró que aquella era la oportunidad para evidenciar, de una vez por todas, su origen, su misión y su destino. Estaba hablando a millones de personas a través de un medio de comunicación masivo cuyo poder debía aprovechar para hablarle a un mundo globalizado y no a un pequeño número de seguidores como lo había hecho veinte siglos atrás.

—De quien es dueño absoluto de todo el poder del universo —contestó.

El numeroso público presente en el estudio, emitió un murmullo de admiración que fue recogido por las cámaras.

—¿Y qué piensa hacer siendo poseedor de ese gran poder?

—Cumplir la misión que me fue asignada.

—¿Cuál es esa misión?

—Volver a cuestionar la actitud del hombre a ver si esta vez sus ojos y sus oídos están proclives a escuchar el mensaje, especialmente a los dirigentes políticos que nunca han encontrado la brújula y se han alejado del camino que conduce a la concordia y a la paz.

El siglo veinte ha sido el más violento en toda la historia de la humanidad. Hubo dos guerras que dejaron millones de víctimas, además de un holocausto inexplicable; ha habido genocidios y guerras locales en todo el planeta y, cuando llegamos al siglo veintiuno, resulta que este comienza con dos guerras: una en Afganistán y otra en Irak, que tuvieron como pretexto combatir al terrorismo.

—¿Pero usted no cree que eso está justificado después de lo sucedido en New York?

—Al terrorismo hay que combatirlo, claro está, pero no por la vía militar. Eso engendra más violencia y una necesidad de retaliación entre los bandos contrarios que es algo de nunca acabar.

—¿Cómo, entonces? ¿Dialogando con ellos?

—No; ellos no aceptan el diálogo. Al terrorismo hay que atacarlo desde sus raíces.

—¿Y cuáles son esas raíces?

—El poco acceso a la educación y a la salud que

tienen las clases pobres; las inmensas desigualdades sociales y económicas que lo que hacen es crear una clase de resentidos que consideran que la violencia es el medio para combatir la injusticia. Fíjese usted, Mr. Queen que, por un lado, se gastan más de ochocientos millones de dólares en armamento y, por otro, hay más de setecientos millones de analfabetos. Los países poderosos recurren a la fuerza militar para tratar de solventar conflictos en lugar de atacar las causas que los provocan. Los líderes de esos países nunca han vuelto sus ojos a la inmensa tragedia que corroe las bases de la sociedad a pesar de que tienen a mano estadísticas muy bien elaboradas que dan fe de la situación bochornosa en que viven millones de seres humanos. En Latinoamérica, Mr. Queen, más de doscientos millones de personas viven en pobreza extrema y una cantidad superior a cien millones viven en la absoluta miseria. Los dirigentes políticos siempre han regulado sus decisiones beneficiando a la clase dominante, propietaria de la mayor parte de la riqueza de un país, y nunca vuelven sus ojos a esa inmensa mayoría que sufre sin esperanzas de superación.

—Entonces, ¿usted no cree que la solución sería que los dueños de los medios de producción renunciaran a lo que han logrado con tanto esfuerzo y lo repartieran entre los pobres?

—¡No! Cada cual tiene derecho a lo suyo. El propietario tiene derecho a su propiedad y el trabajador tiene derecho a su salario, bien remunerado y con estabilidad laboral. Lo que hay que hacer es ser equitativos en el reparto de los bienes que Dios ha creado, tomando en cuenta los méritos de cada persona. La parábola de los talentos es muy explicativa al respecto. Si un empresario decide repartir su empresa entre sus trabajadores, estaría creando una nueva clase dirigente, con las mismas prebendas, pero tal vez menos competente.

—¿Qué opina usted del mundo de hoy? Los conflictos en el Medio Oriente parecen no tener solución...

—... y nunca lo tendrán si los hombres no abren su corazón al amor y a la convivencia y su mente a la idea de que todos somos hermanos y criaturas de un mismo Padre.

—Es que tratándose de conflictos que tienen tinte religioso, parece que cada religión tiene un Dios distinto.

—Ahí es donde está la médula del problema. El Creador del universo no creó ninguna religión; ellas fueron creadas por el hombre. Dios es un ser universal que está por encima de conceptos que el hombre ha querido imponer a sus semejantes.

—Pero, de hecho, las religiones existen...

—Las religiones son visiones muy particulares de un Dios que debe ser universal; de ahí que cada una de ellas cree tener la prioridad con respecto al paraíso.

—Y si, como usted dice, Dios es universal. ¿Por qué existe tanta violencia entre las distintas religiones?

—Porque el concepto de Dios lo ponen de lado y todas van en pos de un poder terreno. Si todas las religiones buscasen solo a Dios como espíritu de amor, no se justificaría que los los hombres se estuvieran matando por motivos religiosos. El día en que cristianos, judíos, musulmanes y budistas entiendan que Dios es un ser único, que nos pertenece a todos por igual, que ama al hombre y solo quiere su salvación, todos se arroparían bajo esa idea y los hombres vivirían felices.

Los teléfonos del estudio comenzaron a repicar. Llegaron llamadas de Alemania, Francia e Italia, preguntando a los productores qué clase de tecnología estaban usando en la transmisión, pues en Alemania oían a Jesús hablar en buen alemán, en Francia en un excelente francés y en Italia en perfecto italiano. El director del programa le pasó a Queen una nota advirtiéndole de esto; el entrevistador hizo un gesto de sorpresa y se guardó la nota en el bolsillo.

—¿Usted no cree que la violencia política muchas veces se disfraza de religiosidad?

—La violencia, no importa que sea política o religiosa, siempre es violencia. ¿No ha visto que incluso en el ámbito deportivo está presente?

—¿No podría la violencia erradicarse del mundo?

—No, mientras el hombre no abra su corazón al amor. Hay una inmensa cantidad de seres humanos que comprenden esto y hacen enormes esfuerzos por implantarlo, pero por otro lado, hay grupos poderosos que contrarrestan estos esfuerzos muchas veces por intereses económicos.

—Explíqueme, por favor.

—La televisión, Mr. Queen, hace a diario un homenaje a la violencia y a la vulgaridad. De este país, cuyos medios audiovisuales son poderosos, salen al mundo entero programas que hacen una apología a los bajos instintos del hombre y que causan un daño inmenso, especialmente en los jóvenes. Volviendo a lo que ya dije, canales como Discovery, Disney, History Channel y tantos otros, que son educativos y a la vez entretenidos, se ven contrarrestados por los otros. ¿No ha reparado usted en el hecho de que los actores mejor pagados son aquellos que encarnan el lado violento del hombre? Es la eterna lucha entre el bien y el mal.

—¿No cree usted que esa es una aseveración muy cruda?

—El bien induce al bien y el mal induce al mal. Eso es claro.

—Es usted muy directo en sus apreciaciones.

—Vuelvo y repito: "Yo no he venido a traer la paz sino la guerra. El que tenga oídos que oiga y quien tenga ojos que vea". Yo puedo asegurarle, Mr. Queen, que los niños están profundamente heridos por los desmanes de los adultos.

—Entonces, ¿qué mensaje le daría usted al mundo?

—Mi mensaje no puede ser otro que aquel famoso "Ámense los unos a los otros como yo los he amado". Hay que comenzar por tener conciencia social. Las estadísticas, a las que ustedes son tan adictos, dicen que en Kenia mueren cada día más de cuatrocientos seres humanos, víctimas del Sida. ¿Y sabe usted por qué? Porque empresas farmacéuticas, cuyas ganancias sobrepasan los quinientos millones de dólares, se niegan a hacer accesibles los precios de los medicamentos contra el mal en Africa. Eso es una falta de conciencia social de las empresas capitalistas que podrían salvar a millones de personas seropositivas en ese continente. En el mundo hay mas de tres millones de niños enfermos de Sida y que mueren a diario por falta de medicamentos. ¿No es una bofetada a la dignidad humana, que ante este cuadro tan desolador, se gasten veintisiete millones de dólares en la boda de un príncipe?

—¿Cómo definiría usted el amor?

—El amor es divino y es humano. Es poner tu corazón a los pies de otro. No es decir te quiero, sino comprender al otro en toda su dimensión. No es eliminar a tu enemigo sino tratar de que se convierta en tu amigo. Todo se resume en una idea: "Ama primero a Dios y luego a tu hermano, tal como quieres que te amen a ti". Esos principios están en los textos sagrados. La *Tora*, el *Evangelio*, el *Corán* y los textos budistas hablan de amor, de convivencia y de tolerancia.

Harry Queen recibió otra nota del director del programa. En todos los países del mundo, estaban oyendo a Jesús hablar en su lengua natal. El periodista miró sorprendido hacia donde estaba el Director y volvió a guardar la nota en el bolsillo.

—¿Y a qué armas tendría que recurrir el hombre para crear un mundo como el que quisiéramos tener?

—Al ejercicio de los valores que deben prevalecer: Justicia para no maltratar, Solidaridad para no aislar, Humildad para no arrollar, Honestidad para reconocer nuestras propias debilidades y no juzgar a los demás, Respeto para no agredir y Tolerancia para igualar.

—Jesús, su mensaje es hermoso pero, ¿cree usted que en el mundo en que vivimos habrá suficientes oídos para escucharlo?

—Hay que pedirlo mediante la oración. Recuerde aquello de "pidan y se les dará, toquen y se les abrirá, llamen y se les contestará".

—Jesús, para terminar, dígame algo: ¿cuántos idiomas habla usted?

Jesús no pudo reprimir una de sus pícaras sonrisas y contestó:

—El Padre, Mr. Queen, le habla a cada hombre en su propio idioma. Ojalá esta vez llegue el mensaje.

8

Y lo siguieron grandes muchedumbres
desde Galilea, Decápolis, Jerusalén
y del otro lado del Jordán.
—Mateo 4:25

En Venezuela los diarios publicaron todo lo concerniente al regreso de Jesús y una gran cantidad de personas se apostaron en el Aeropuerto Internacional de Maiquetía para recibirlo; esta vez no hubo pancartas ni manifestaciones de calle; la multitud esperaba en las afueras de la terminal sumida en un respetuoso silencio. Solo María Magdalena, Simón Pedro, Andrés y Juan entraron al interior de la terminal en espera del aterrizaje de algún avión comercial escudriñando cuidadosamente a los pasajeros que salían con sus equipajes sin encontrar a Jesús entre ellos.

De repente María Magdalena salió a la terraza y observó a lo lejos a un Citation Excel que se preparaba a tomar pista; su corazón latió con fuerza; su instinto de mujer le dijo que, en ese avión, venía el hombre que todos esperaban y así se lo hizo saber a sus compañeros. El aparato se detuvo y de él descendió Jesús con un morral a sus espaldas; penetró por una de las puertas que dan acceso a inmigración y se colocó en la fila, junto a otras personas que esperaban pacientemente ser atendidas. Jesús trató de pasar inadvertido pero todo fue inútil; los viajeros lo reconocieron enseguida y la noticia comenzó a regarse por todo el aeropuerto.

Cuando al fin logró salir al exterior, María Magdalena y sus acompañantes lo rodearon y con mucha dificultad lo sacaron fuera del recinto y lo introdujeron en una modesta camioneta que habían conseguido prestada. El vehículo tomó rumbo a Caracas por la autopista, seguido de otros en los cuales iban los seguidores de Jesús. La caravana tomó camino a Propatria y se detuvo en la casa N.° 5. Allí Jesús se despidió de sus amigos y entró porque necesitaba descansar, sedimentar sus pensamientos y esperar el llamado que su Padre no tardaría en hacerle. Él sabía que su hora se acercaba inexorablemente y debía preparar su espíritu para la prueba amarga que le tocaría saborear. Todos se fueron con excepción de una camioneta sin placas que permaneció estacionada frente a la casa. Jesús la vio, bajó la mirada y dijo para sí: "Padre, mi carne es débil pero mi espíritu está presto de nuevo".

María, la madre, lo recibió con el corazón rebosante de gozo y le entregó un sobre con una tarjeta adentro. Jesús lo abrió y leyó la misiva: Las Damas de la Caridad de San Tarsicio le cursaban una invitación para un té canasta que se llevaría acabo en un lujoso salón de fiesta "a beneficio de los niños de la calle. Valor de la entrada: treinta y cinco mil bolívares". Jesús, por supuesto, estaba exonerado del pago.

9

Guárdense de la levadura de los fariseos y saduceos.
—Mateo 16:11

A la oficina de Saturno Malpieri fueron a dar los hombres del auto sin placas para informarle al jefe de investigaciones de la policía política que ya Jesús había regresado. La cara de Malpieri se iluminó con una sonrisa de satisfacción; ya empezaría a preparar el operativo para echarle el guante a aquel sujeto que estaba alterando el orden. Solo le faltaba que Jesús la emprendiera contra el Gobierno y contra las instituciones controladas en su totalidad por el Ejecutivo. Un paso en falso y pagaría la osadía de enfrentar al orden establecido. Las instrucciones que recibieron los agentes fueron precisas:

—Síganle los pasos hasta cuando vaya al baño. Quiero saber adónde va, con quién se reúne además de los carajos que andan con él. Vigilen bien; sobre todo, a la carajita esa que anda pegada de él como si fuera un chicle. Esa debe saber más de la cuenta; recuerden que era una malandrita y ahora se las da de muy recatada; a la menor vaina, la enrolan y me la traen.

—Y con lo buenota que está... —dijo uno de los agentes.

—Déjese de vainas, García —dijo el Director—; y vayan a trabajar.

Los hombres salieron de la Central y abordaron la camioneta sin placas dispuestos a cumplir su misión. Esta vez localizaron a Jesús por los lados de Petare. Estaba, guitarra en mano, rodeado de gran cantidad de personas quienes, junto a él, coreaban una canción de moda. Los hombres se bajaron del vehículo para acercarse a la reunión cuando, al pasar por un abasto, vieron a María Magdalena comprando unos refrescos.

—Ay papá, esta nos vino del cielo —se regodeó uno de los agentes y se acercaron adonde estaba la muchacha.

—Hola, chama, ¿tienes un cigarrillo?

—Yo no fumo, pana —contestó María Magdalena.

—Será ahora, porque antes te fumaste toda la hierba que había en Caracas —contestó el agente con el fin de provocarla.

—Y mira cómo te has puesto de buena —agregó el otro.

—Por favor, déjenme tranquila; no estoy haciendo nada indebido.

—¿No me invitas a un refresco? —sugirió uno de los agentes tratando de tomarla por el brazo.

María sacudió el brazo y se dispuso a salir del local. Cuando los policías trataron de seguirla, se encontraron de frente al Chino y al Chato. Después de haber renunciado ante Eudoro Montesinos al cargo que ostentaban en la Policía Municipal para seguir a Jesús, siempre se encontraban en todas las reuniones y allí estaban, precisamente, ese día. Como ex policías que eran, conocían de vista a aquellos tipos que importunaban a María Magdalena. El Chato tomó a la muchacha por el brazo y la sacó del local y el Chino se plantó frente a los dos hombres.

—Hola compañeros; ¿trabajando? —les preguntó.

—¿Con quién tengo el gusto? —preguntó uno de los agentes.

—Este es un ex agente de policía —informó el otro.

—Entonces ¿estamos en lo mismo?

—Más o menos —contestó Paredes para despistarlo.

—¿Ustedes conocen a la chama que compró los refrescos?

—Sí —respondió el Chino—, la conocemos bien y es inofensiva; es burda de pana.

—¿Y al carajito de la guitarra?

—También lo conocemos, ¿por qué?

—No, por nada.

Se despidieron y se mezclaron con la gente. Una muchacha que tenía una franela color crema, en la cual se leía Sindicato Único de Trabajadores de la Educación, llamó la atención de Jesús; ella le pidió:

—Jesús, necesitamos tu ayuda.

—¿Para qué? —se interesó él.

—Queremos que nos acompañes a la Central Obrera.

—¿Con qué fin?

—Queremos que conozcas al Presidente y a los otros miembros de la directiva. Sabemos que estás de nuestro lado y necesitamos organizar nuestra lucha por las reivindicaciones salariales que estamos solicitando.

—¿Y por qué quieren ustedes que yo conozca a los directivos?

—Porque ellos son los que dirigen la lucha sindical, m´hijo.

—¿Y ustedes lo creen así?

—Por supuesto.

—Quiero decirles algo —y se dirigió a todos los presentes—: confíen solo en el poder de Dios que es el único que ama infinitamente. Pero desconfíen de todos los que se dicen dirigentes gremiales porque son lobos vestidos con piel de cordero. ¿En qué trabajan los que fungen de líderes? ¿De qué viven? ¿De dónde sacan el dinero para llevar la vida regalada que ostentan con tanto disimulo? ¿No se han fijado en la fina ropa que visten? ¿No saben ustedes que en los mejores restaurantes de Caracas es donde se reúnen para hacer sus transacciones con la elite dirigente? Muchos de ellos fueron simples trabajadores que, dotados de un fino olfato político, escalaron posiciones hasta convertirse en hombres ricos. Para luchar por mejoras sociales y económicas hay que unirse, pues así se harán fuertes; pero no pongan sus destinos en manos dudosas. Es necesario saber escoger; sigan a alguien que tenga un claro concepto de los valores humanos. Ya sé que eso es difícil de encontrar, pero tiene que existir porque, como dice el refrán: "Hay de todo en la viña del Señor". "Guárdense de la levadura de los fariseos". Muchos son los que han ido en representación de ustedes a exigir reivindicaciones y terminaron negociando con los patronos, sacando una buena tajada de esa negociación. Esa estructura sindical hay que arrancarla de raíz, sin que queden los vicios que actualmente infectan el sistema. "Nadie echa vino nuevo en odres viejos, porque el vino rompería los odres y se perderían vino y odres. El vino nuevo se echa en odres nuevos". Y ustedes, cuídense de la contaminación porque ya se dijo: "La sal es buena, pero si se corrompe, ¿con qué se sazonará? No sirve ni para la tierra, ni para el estercolero; se la arroja. ¡El que tenga oídos que oiga!".

Cuando Jesús terminó, todos guardaron silencio pero la mujer de la franela color crema, con evidente cara de disgusto, salió junto a algunos compañeros y se dirigieron a la sede del sindicato. Allí informarían a sus líderes de lo que habían oído.

10

Guárdense de hacer justicia delante de los hombres para que los vean; de otro modo no tendrán mérito delante del Padre celestial. Por tanto, cuando den limosna, no toquen la trompeta delante de ustedes como hacen los hipócritas en las sinagogas y en las calles para que los hombres los alaben. Cuando des limosna, que no sepa tu mano izquierda lo que hace tu derecha, para que tu limosna quede en secreto.

—Mateo 1:3

El salón de festejos La Joya, situado en una de las urbanizaciones elegantes del este de la capital, se encontraba atiborrado de damas de la alta sociedad. A la entrada, en una cartelera, se leía:

GRAN TÉ CANASTA
A BENEFICIO DE LOS NIÑOS DE LA CALLE

DAMAS DE LA CARIDAD DE SAN TARCISIO

VALOR DE LA ENTRADA: BS. 35 000,00

CON DERECHO A BUFFET

Cuando Jesús llegó, acompañado de Juan y María Magdalena, se hizo un gran silencio. Todas las damas se levantaron de sus asientos con miradas ansiosas; muchas trataron de acercarse un poco para verlo mejor. Todas habían visto la entrevista de Harry Queen por CNN. Del grupo, se acercaron presurosas tres damas mostrando una sonrisa de oreja a oreja. Una de ellas vestía un fino conjunto de pantalón blanco que combinaba con una chaqueta negra bordada, creación de Gianni Versace. En el cuello, un collar de oro que remataba en una medalla de la Inmaculada Concepción. Se notaba que acababa de salir de la peluquería.

—Bienvenido Jesús —auguró—; soy Elizabeth de Fontana.

Jesús le tendió la mano y ella le ofreció las tres últimas falanges. La señora Fontana, Presidenta de la Asociación, miró a María Magdalena y a Juan y se limitó a regalarles una sonrisa. Era la esposa del Presidente del Banco Comercial y en los tiempos libres, que le deparaban sus continuas idas a los centros comerciales de moda, a la peluquería y a los torneos de burako en el Club Campestre, se ocupaba de hacer toda clase de eventos a favor de los necesitados, mientras el doctor Fontana compartía su tiempo entre sus múltiples compromisos bancarios y una ex reina de belleza. La señora Fontana procedió a presentarle a las otras dos integrantes de la Junta Directiva.

—Betty de Sotomayor —y señaló a una de las damas, trajeada con un faldón negro y una blusa a media manga, con hombreras, de color salmón claro de Giorgio Armani. Portaba un hermoso collar trenzado y unos zarcillos, en cuyos extremos flotaban dos piedras negras de fantasía. Esta era la esposa del gerente general de una cadena de supermercados cuyas ventas anuales ascendían a cantidades astronómicas. La señora de Sotomayor estuvo a punto de un orgasmo cuando estrechó la mano de Jesús.

—Gladys de Argensola —se auto-presentó la otra, la cual portaba un atuendo que se veía de muy buena marca. La señora de Argensola era la esposa de un conocido político que se había pasado la vida haciendo todas las tracalerías del mundo, razón por la cual disponía de una inmensa cantidad de dólares en el exterior. Sus adversarios políticos lo llamaban "el fagocito" por su voracidad. La Fontana tomó a Jesús suavemente por el brazo y lo tuteó:

—Ven Jesús, vamos a la mesa.

Y con aire triunfal, abrió el cortejo mirando, orgullosa y de reojo, a las demás señoras presentes. Fueron pasando entre las mesas en donde se jugaba al rummy, a la canasta o al burako; las damas miraban a Jesús y le sonreían con admiración y curiosidad; muchas de ellas, con manos temblorosas, sobaban las cartas sin saber cuál jugar. Jesús, muy cortésmente, separó dos sillas y ofreció una a la señora Fontana y otra a María Magdalena. Juan se sentó entre la Sotomayor y la Argensola. Jesús miraba todo con asombro. Aquellas mesas estaban cubiertas con manteles de color salmón con bordados a su alrededor, en las cuales las jugadoras movían sus cartas en busca de la mejor jugada. A un lado, un mesón largo cubierto, donde se exhibía el buffet. Con mucha atención, Jesús no perdía detalle de lo que sucedía a su alrededor. La señora Fontana rompió el hielo inicial y le dijo:

—¿Quieres tomar algo?

—Me gustaría un refresco —eligió Jesús.

—¿Y tú, mi vida? —dijo dirigiéndose a María Magdalena.

María aceptó gustosa un refresco y pidió otro para Juan. La Fontana hizo un recuento histórico de la fundación de las Damas de la Caridad de San Tarcisio y le pidió que asistiera como invitado de honor a una de sus próximas reuniones y hasta tuvo la cortesía de invitar a María Magdalena a que se inscribiera en la Sociedad. Las otras damas buscaban una ocasión para acercarse a la mesa con el fin de que Jesús las conociera. El ambiente era tenso, pues las damas jugaban a las cartas, pero el centro de atención estaba focalizado en la figura de aquel joven apuesto, de mirada dulce pero penetrante, que poseía un atractivo especial. Dos de las damas que jugaban en una mesa no pudieron aguantar la impaciencia y se levantaron dirigiéndose adonde estaba Jesús. Una de ellas se acercó a la Fontana y, sin dejar de mirar a Jesús, dijo:

—Elisa, mi amor, qué bien te ha quedado todo.

—Gracias, cariño —respondió la Fontana—; déjame presentarte a nuestro invitado.

—Jesús, te presento a Beba de La Carriere.

A punto de un desmayo, la señora de La Carriere estrechó la mano del invitado, quien se puso de pie para saludar. La otra dama se presentó ella misma:

—Mayita de Roche —se identificó—. Es un gran honor contar con su presencia.

—Gracias —respondió Jesús con una leve inclinación de cabeza, mirando de reojo el Rolex que portaba la dama en su muñeca.

A la mesa se fueron acercando otras señoras; Jesús se vio obligado a permanecer de pie, pero María Magdalena y Juan, que estaban sentados, paseaban sus miradas por aquellos cuellos que estaban casi a la altura de sus ojos. Una señora, propietaria de unos senos inmensos, portaba una gargantilla de oro incrustada de esmeraldas que lucía muy coqueta haciendo juego con un anillo de la misma piedra. Las damas conversaban entre sí mirando de reojo a Jesús y este, por su parte, miraba con complicidad a María y a Juan, esbozando una leve sonrisa. El clima de la reunión se fue animando, bajo los efectos de un vino blanco Zoeler Schwarze Katz, hasta que llegó la hora del buffet. Las damas fueron haciendo cola para servirse y la señora Fontana invitó a los tres amigos a degustar la comida. Los tres fueron pasando lentamente entre las mesas, pero Jesús no perdía detalle de lo que se conversaba. Al pasar por una de las mesas, oyó a una señora joven comentarle a otra:

—Gabi, qué perfume tan divino.

—Paloma Picasso, mi amor —informó la otra.

—¿Dónde lo compraste? Yo lo busqué en el Centro San Ignacio y no lo encontré.

—Aquí no, mi reina —aclaró la Gabi—; lo compré en Burdines's, en Miami.

—¡Me puedo morir! Hace dos meses estuve allá y lo tenían agotado. Terminé comprando Bulgari para mí y Hugo Boss para Carlos Luis.

Y las dos tomaron sus platos para hacer la cola. Delante de Jesús, una muchacha joven le dijo a otra en voz baja:

—Chicha, a mí me va a dar algo; aquella vieja que está allá tiene una blusa parecida a la mía.

—Pero el bordado es diferente Maqui; además el color es distinto. No le pares bola.

—Si güevona, pero haber ido hasta Orlando para comprar la mía y encontrar aquí una parecida, no sé... me da una arrechera... Y eso que la mía es de Donna Karam.

—Mándala a la mierda y no la mires —le aconsejó Maqui.

Jesús y María oyeron aquella conversación tan vulgar con el asombro reflejado en el rostro. Por fin, platos en mano, llegaron a la mesa del buffet. Allí estaban alineadas bandejas con tequeños recién salidos del aceite, sándwiches de queso y jamón, salchichón, mortadela, ensalada de gallina, diversos tipos de queso con tres tipos de pan y varias botellas de vino tinto de La Rioja. Más adelante se disponía de polvorosas, torta de chocolate, torta de queso y dulces variados.

Se sirvieron discretamente y regresaron a la mesa. Dos horas después, la señora Fontana se acercó al micrófono, dio unas palmaditas para llamar la atención y dijo sonriendo:

—Bien compañeras. Antes que nada quiero agradecerles la excelente acogida que dispensaron al evento de hoy. La recaudación ha sido todo un éxito y les informo que, parte de ella, va a ser destinada a la ampliación del Hogar San Tarcisio, donde se podrán atender cerca de veinte niños que vagan por las calles. Esperamos que, en un futuro, podamos aumentar el número de niños atendidos. La otra parte será destinada a Fe y Alegría, que cumple una inmensa función en pro de la educación de nuestros niños de bajos recursos. Ahora bien, en la Asociación estamos necesitando voluntarias para visitar hogares de cuidado diario y llevar recursos como ropa, medicinas y alimentos, por lo que les pido encarecidamente a todas las personas que quieran colaborar que se pongan en contacto con Betty de Sotomayor. Y ahora, aprovechando que se encuentra entre nosotros una persona tan importante como Jesús, yo quiero pedirle que nos dirija unas palabras para clausurar el evento.

Jesús se levantó lentamente, se dirigió hacia donde estaba la señora Fontana y esta le pasó el micrófono. Se hizo un silencio total y Jesús comenzó:

—Quiero agradecer la invitación que nos han hecho para compartir con ustedes lo que, indudablemente, es un acto que lleva implícitas las mejores intenciones. Es refrescante a los ojos de Dios ver que, a pesar del mundo en que vivimos, lleno de odio, de violencia y de indiferencia, todavía existen personas que, con la mayor sinceridad, tienen la sensibilidad suficiente para sentir en su corazón el dolor y las necesidades de sus hermanos. En esta ocasión, son los niños de la calle, producto del abuso, por un lado, de irresponsables que los lanzan a la calle a pasar necesidad y a no poder realizarse como seres humanos; y, por otro, a gobernantes, también irresponsables, que dilapidan el dinero de la Nación en lo que han dado en llamar "proyectos macro-económicos", frase muy rimbombante, pero que nadie sabe para qué sirve, pues sus resultados solo favorecen a los poderosos estratos económicos, y a los necesitados no les llegan ni las migajas. Esto, queridas amigas, es debido a la pérdida de valores elementales como la justicia, la solidaridad, la honestidad y el espíritu de convivencia. Yo sé que algunas de las que están hoy aquí —y recalcó la palabra "algunas"— hacen una labor social digna de la atención de Dios. Yo sé que, mañana mismo, esas personas saldrán a la calle a llevar alivio espiritual y económico a orfanatos, hogares de ancianos, enfermos pobres e incluso a los presos por causa de la ley. Eso lo ve el Padre celestial y yo les aseguro que Él lo anota en el libro de contabilidad individual de cada una de las personas que actúan. Sé de organizaciones que se ocupan de los discapacitados, de las madres solteras, de los niños con síndrome de *Down* para insertarlos en la sociedad y hacerlos personas útiles. A esas personas yo les garantizo que el Padre les tiene dispuesta una buena dosis de recompensa en el cielo. Esas son las ovejas a las que el Hijo del hombre les dirá: "Vengan, benditos de mi Padre, hereden el Reino preparado para ustedes desde el principio del mundo. Porque tuve hambre y me dieron de comer; tuve sed y me dieron de beber; fui peregrino y me acogieron; estuve desnudo y me vistieron; enfermo y me visitaron; preso y vinieron a mí".

Las damas presentes oían a Jesús, llenas de emoción; muchas, con lágrimas en los ojos, suponían que les hablaba solo a ellas. En medio de aquel silencio, hubo un murmullo cuando Jesús continuó:

—Sin embargo, allá veo a la señora Sotomayor sola, esperando que alguien se le acerque para ofrecerse como voluntaria, tal como lo pidió la Presidenta de la Asociación. Eso me dice que muchas de las que están aquí jamás se ofrecerán, porque solo han venido a darle un champú a su conciencia creyendo que, con pagar los treinta y cinco mil bolívares de la entrada, ya cumplieron. Yo les digo que esas personas solo han venido a disfrutar de un momento social y a recuperar, con provecho, la contribución que dieron. Esas personas solo han venido a hacer gala de un poder económico y a competir unas con otras, mostrando vestuarios de marca, joyas y relojes, cuyo costo es una bofetada a la dignidad de muchos seres humanos. Han venido a echarse en cara la facilidad con que suelen viajar, sin pensar que a muchos trabajadores se les va la mitad de su salario en el pago de transporte. La frase bíblica es tajante: "Ay de ustedes, escribas y fariseos hipócritas, que pagan el diezmo de la menta, del anís y del comino y descuidan lo más importante de la ley: la justicia, la misericordia y la buena fe. ¡Es necesario hacer una cosa sin descuidar de la otra!". Son personas cuyo vacío espiritual es manifiesto y cuyas vidas están llenas de frivolidad y ansias de figuración y competencia. Yo les digo: "Guárdense bien de toda avaricia; que aunque uno esté en la abundancia, no tiene asegurada su vida en la hacienda".

Jesús hizo una pausa y paseó su mirada por el auditorio. La gente estaba asombrada. La imagen que cada una reflejaba en el espejo que Jesús les había puesto por delante, era tan real y patética que muchas optaron por bajar la frente. Con el micrófono en una mano y la otra en el bolsillo, los ojos de Jesús adquirieron una mirada triste y lejana. Volvió la cara hacia la anfitriona, le devolvió el micrófono y se dispuso a retirarse. Una de las damas se le acercó a punto de romper en llanto y le preguntó:

—Hijo, ¿quién eres tú?

De nuevo los ojos de Jesús se posaron en los de la mujer y esta sintió en su corazón lo que le quería decir.

—¿Quién dice usted que soy yo? —preguntó Jesús tomándola de los brazos.

—Tú eres quien yo sé —respondió la dama, con lágrimas en los ojos.

El gran té canasta a beneficio de los niños de la calle, había llegado a su fin.

II

Decid a los hijos de Sion:
mira que tu rey viene a ti montado
y sentado sobre un asno,
sobre un pollino, hijo de animal de yugo.
—Mateo 21:5

En la casa N.° 5 de Propatria Jesús almorzaba en compañía de su madre y de su tía Josefa, cuando en las afueras se oyó un murmullo de gentes y el ruido de motocicletas. María, la madre, se asomó a la puerta y se encontró con una multitud de personas que llamaban a Jesús. Este salió y se encontró con sus seguidores que, con gran entusiasmo y alegría, portaban algunas pancartas alusivas al momento que vivía el país. En ellas pedían la unidad, la paz y la reconciliación; otras solicitaban mejoras para los hospitales y escuelas, libertad para los presos políticos y respeto a las instituciones. Simón Pedro llamó a Jesús y lo invitó a que se uniera a ellos; se irían a la plazoleta de Barrio Obrero, en las cercanías de Lídice, y allí se reunirían con otras personas que lo estaban esperando. Jesús observó las pancartas, frunció el ceño y se montó en la parrilla de la moto que abría la caravana. El cortejo partió alegre hacia su destino; detrás de él iban manifestantes en motos, bicicletas y en algunas camionetas pero, a una cierta distancia, a la caravana la cerraba una camioneta sin placas con tres hombres adentro. Tomaron la calle El Mirador hasta empalmar con la calle Cristo Rey; sortearon la avenida Sucre y, por la calle El Carmen, llegaron a Barrio Obrero. Allí había una gran concentración de personas que esperaban ansiosas a quien habían elegido como líder de un movimiento que ellos habían denominado "Movimiento Social Justicialista".

Cuando Jesús llegó, todos los presentes irrumpieron en aplausos, gritando consignas de diversa índole. Jesús se bajó de la moto y se montó en uno de los bancos de plazoleta, solicitó silencio a los presentes y dijo:

—Amigos —y evitó usar la palabra "compañeros", tan desprestigiada—; antes que nada quiero pedirles que evitemos caer en proselitismo político. Recuerden que esta nunca ha estado del lado de la justicia. La política, que debiera ser el arte de dirigir los asuntos del Estado para procurar el bienestar de todos, no es otra cosa que el arte del engaño. En ella la justicia y los valores humanos brillan por su ausencia. Quienes dirigen los destinos de un país le muestran al pueblo una cara que disfraza las verdaderas intenciones de su corazón... ¡Raza de hipócritas!, que son sordos al clamor de sus pueblos; los pobres y los enfermos mueren de mengua en una humillante miseria porque el poder no tiene respeto por la vida. Recorran las calles de la ciudad y verán a niños y ancianos durmiendo sobre periódicos, mientras los dirigentes amasan fortunas inmensas. Yo no he venido a dirigir doctrinas políticas sino a predicar de nuevo el reino del amor y la justicia; y a ese amor hay que sembrarlo en cada uno para que germine en los demás. Yo les vuelvo a decir: "Ámense los unos a los otros como yo los amo; nadie tiene mayor amor que el que da su vida por sus amigos. El núcleo central de lo que quiero enseñarles se resume en esta frase: Busquen primero el reino de Dios y su justicia y lo demás se les dará por añadidura". Porque Dios está en lo profundo del ser humano; búsquenlo en la profundidad infinita del silencio y, cuando lo encuentren, pregónenlo a los cuatro vientos para que el mundo vuelva los ojos al reino de la verdad y la justicia.

La gente aplaudió con entusiasmo y comenzó a cantar canciones de moda. Jesús miró hacia un lado y allí vio a la camioneta sin placas estacionada en la calle. Dentro de su corazón sintió un temor profundo; bajó la mirada e invitó a sus trece amigos cercanos a que lo acompañaran a su casa a cenar. Se despidieron de la multitud y emprendieron el camino de regreso. Por el camino compraron unas pizzas y unos refrescos; ya Jesús sabía que aquella sería la última vez que compartiría con aquellos amigos íntimos que lo habían acompañado a cumplir la misión que le había sido asignada, pues esta vez la camioneta sin placas tomó rumbo a la Central policíaca.

12

... y andaban buscando, los pontífices y los escribas, el modo de prenderlo con engaño y matarlo.

—Marcos 14:1

—¿Qué se habían hecho ustedes, carajo? —preguntó Saturno Malpieri con evidente mal humor.

—Estábamos cumpliendo sus órdenes, comisario —respondió uno de los hombres de la camioneta sin placas—; precisamente le traemos noticias.

—Desembuchen, pues —ordenó Malpieri.

—Vea jefe, el hombre se ha puesto peligroso. Lo que informaron los periódicos desde Washington y lo del programa de CNN, ha provocado que la gente que lo sigue se haya hecho muy numerosa. Hoy hicieron una caravana enorme desde Propatria hasta Barrio Obrero, con pancartas que creemos peligrosas para el orden.

—El carajito se mandó un discurso en el que dijo unas cuantas verdades —dijo otro de los detectives.

Este le contó, con detalles, lo que Jesús había dicho de los dirigentes políticos. Le dijo que los había llamado hipócritas y subrayó cómo, a cada frase suya, sus seguidores irrumpían en aplausos gritando consignas que se suponían subversivas. Malpieri oyó con mucha atención, frunció el ceño y dijo:

—Vayan a tomar café y esperen que yo los llame.

Los tres hombres salieron del despacho y Malpieri tomó el teléfono para pedir instrucciones. Cinco minutos después se comunicó con el Vicepresidente de la

República; le dio detalles de la situación y recibió órdenes expresas. Entrecerró los ojos y en su boca se dibujó una sonrisa de satisfacción. Llamó a los tres detectives y les dio la orden que hacía tiempo deseaba impartir:

—Vayan y tráiganlo.

Al fin había llegado el momento que tanto esperaba.

13

A la hora determinada, se puso a la mesa
con sus discípulos y les dijo:
He deseado vivamente comer esta Pascua con vosotros
antes de que yo padezca.
—Lucas 22:14-15

María, la madre, y la tía Josefa se sintieron encantadas cuando Jesús entró a la casa con sus amigos. A pesar del aspecto sombrío que mostraban, no dejaron de sentirse felices de tenerlo de nuevo en casa. El grupo pasó al comedor y comenzaron a ordenar los víveres sobre la mesa. Esta vez no eran doce los amigos íntimos; esta vez eran trece pues María Magdalena era un factor determinante en el entorno de Jesús. En esa ocasión, cuando la mujer ya había asumido un rol protagónico en la sociedad, ella estaba destinada a ocupar un puesto de vanguardia en la proclamación del mensaje que había recibido de boca de aquel que era su ídolo y su amor imposible. A través de la ventana Jesús notó la ausencia de la camioneta sin placas que había permanecido por muchos días en las afueras de su casa cada vez que él estaba allí. Él sabía dónde estaba, cuáles eran las órdenes que estaban recibiendo sus ocupantes y cuál era la misión que tendrían que cumplir. Dentro de su corazón sintió un temor profundo, bajó la mirada y dijo a sus amigos:

—Mi hora se acerca. Tratarán de matarme porque les he dicho la verdad. "Ahora mi alma está turbada y... ¿qué diré yo? ¿Padre, líbrame de esta hora? No, pues para eso llegué a esta hora. Padre, glorifica de nuevo tu nombre". Hace dos mil años, Aquel en quien me regocijo, dejó su recuerdo bajo las figuras de pan y vino. Hoy yo les pido que conserven la memoria de este momento y de todo lo que les he dicho.

De sus ojos salieron dos lágrimas y de su frente brotaron gotas de sudor, prueba fehaciente de la angustia que cercenaba su espíritu ante la inminencia de lo que estaba por ocurrir. María, la madre, se retiró discretamente a la cocina; allí dio rienda suelta al dolor que oprimía su pecho desde hacía tiempo y lloró amargamente, en silencio, para no ponerse en evidencia. Simón, Juan y María Magdalena se sentaron muy junto a él, lo abrazaron y Simón dijo:

—¿Qué podemos hacer nosotros? Dinos qué hacer y lo haremos.

—Nada —respondió Jesús— Ustedes no pueden hacer nada. "Si el grano de trigo que cae en la tierra no muere, queda solo; pero si muere, produce mucho fruto". Ustedes consérvense unidos; no permitan que el demonio del poder socave los cimientos de esa unidad; todos los hombres son hijos de un Padre que los ama por igual. Cuiden de que en sus corazones no se aniden sentimientos de odio y de retaliación, sino de justicia. "Si tu hermano peca, repréndelo y si se arrepiente, perdónalo". Recuerden que el reino de Dios está dentro de cada uno de ustedes y que, en la medida en que amen, serán amados por el Padre. "El hombre bueno saca el bien del buen tesoro de su corazón y el malo, saca lo malo del suyo perverso".

Todos comieron en silencio; todos comprendieron lo inevitable de la tragedia que se avecinaba. Jesús estaba seguro de que la camioneta sin placas ya se encontraba nuevamente rumbo a su casa para cumplir su trágica misión. Eso pensaba. Los amigos lo observaban de soslayo y sentían que esa noche sería la última que pasarían juntos. Eso creían. María, la madre, no salió de la cocina para no mostrar el rostro hinchado por el llanto. Eso hizo. Cuando se vino de La Ceiba, después de la muerte de José, ya en su mente se habían agolpado los pensamientos y el presentimiento de una tragedia que su corazón le señalaba como inevitable. Esa era la daga que hería su pecho oprimiéndole la respiración. La tía Josefa compartía su angustia fingiendo una fortaleza de la que carecía. Los amigos comieron con poco apetito; sentían que todo se acababa, que el amigo con el cual habían compartido tres años de su vida, por un inexplicable mandato del destino, tenía que partir. Todos estaban a punto de romper en llanto; sin embargo, había alguien que, a pesar del dolor, conservaba la entereza que equilibra los sentimientos. Era María Magdalena, la única que había comprendido, en su justa dimensión, la misión y el destino del hombre que amaba. Al fin de cuentas ella, que en el liceo había sido una estudiante aventajada y que, por obra de malas juntas, había caído en el infierno del vicio, había renacido por el amor que convierte a la miasma en fragancia de nardos; por la fe, que revierte en jardín el estercolero del mundo y por la razón que nivela y que controla. Desde ese día, su vida quedó encadenada a él por un amor que solo Dios podía comprender. Ella oía atentamente los mensajes de Jesús, entendía lo que otros no entendían, presentía lo que otros no presentían; ella lloraba a solas como María, la madre, mientras los demás conversaban sobre otros temas; ella adivinaba las tristezas y alegrías de quien era su amado, su maestro y su guía.

Dentro de la casa hacía calor y Jesús propuso salir a la calle para refrescar el cuerpo y la mente. La noche se había tornado espesa; la luna presentaba un aspecto sombrío hasta que un cúmulo de nubes la escondió tras un manto grisáceo y lúgubre. Las débiles luces de las farolas disipaban las sombras que parecían esconderse para no ser testigos de lo que estaba a punto de ocurrir. Jesús se sentó en la orilla de la acera y los demás hicieron lo mismo; todos estaban callados; no tenían de qué hablar. Solo María Magdalena permanecía de pie, inquieta, oteando las esquinas débilmente iluminadas. Su corazón latía apresurado porque columbraba el peligro. Observaba a Jesús sereno pero lleno de pánico y angustia. De repente Jesús sintió a sus espaldas un olor a cobre, el mismo que en otras ocasiones había querido apartarlo de su destino. Al volver la mirada, Pedro se le acercaba:

—Jesús, ¿por qué sufrir esto? Lo que vas a padecer no lo soporta ningún ser humano. Larguémonos de aquí y escondámonos donde no puedan encontrarte.

Jesús lo miró asombrado. ¿Pedro convertido en tentador? ¿Cómo era posible que hasta el mismo olor a cobre, cuyos efluvios ya lo habían lacerado en dos ocasiones, pudieran emanar de aquel compañero a quien tanto amaba?

—Déjame en paz Satanás —exigió Jesús—. No te escondas tras la fachada de un amigo. Sabes muy bien que lo que tiene que suceder, sucederá.

De pronto la calle se iluminó con las luces de los faros de un vehículo que se acercaba. Todos se pusieron de pie; sabían de quién se trataba. El vehículo se detuvo justo frente al grupo y de él saltaron tres hombres armados hasta los dientes; uno de ellos señaló a Jesús y gritó a sus compañeros:

—Aquel... es aquel... ¡échenle el guante!

Entre los amigos de Jesús hubo confusión; no sabían qué hacer: si quedarse o huir para no correr la misma suerte. Al final, optaron por huir. Solo una persona se plantó retadora delante del policía. Era María Magdalena quien trataría, hasta lo último, de defender a quien era su alfa y su omega. Esa mujer no tenía nada que ver con su similar de dos mil años atrás. Aquella había sido sufrida, sumisa y resignada. Esta era una mujer del siglo presente, valiente, decidida y dispuesta a luchar hasta el fin por lo que creía y por lo que amaba. Uno de los policías la tomó por el cabello y la empujó contra el piso; los otros se abalanzaron sobre su presa y, a empujones, la introdujeron dentro del vehículo, el cual partió velozmente hacia su destino. María Magdalena, impotente, vio cómo el vehículo se alejaba y desaparecía al doblar la esquina. Llena de dolor y de rabia escondió la cara entre sus manos, cayó de rodillas y rompió a llorar desesperada. El fin último de Jesús había comenzado. Su vida empezaba a menguar.

14

Era maltratado y se doblegaba y no abría su boca; como cordero llevado al matadero.
—Isaías 53:7

En la Comandancia de la Policía había gran actividad; en los últimos dos años se había incrementado la represión política instaurada por un régimen que veía en cada esquina a un potencial enemigo político. Los agentes entraban llevando por el brazo a personas esposadas en cuyas miradas se reflejaba el miedo por lo incierto de su destino Allí iban a dar delincuentes comunes cuyas fechorías, casi siempre a favor del régimen, eran echadas al olvido con la complacencia de los tribunales de justicia y también dirigentes políticos que manifestaban su oposición al estatus imperante. Los primeros eran interrogados blandamente puesto que, según la policía, debían ser respetuosos de los derechos humanos. Los segundos eran llevados a celdas en espera de una acusación formal por parte de la Fiscalía. A una de esas celdas fue empujado Jesús a las dos de la madrugada.

—Misión cumplida —dijo uno de los agentes de la brigada de captura— ya el tipo está preso.

—*Okey*, déjenlo ahí hasta que les avise —respondió

Malpieri quien recogió sus pertenencias y se fue a su casa a dormir.

Cuando regresó a su oficina aproximadamente a las nueve de la mañana, ya Jesús llevaba siete horas sin ingerir alimentos. Sentado en el suelo de la celda, luchaba por mantenerse despierto ante la incertidumbre del próximo paso que darían sus captores. En más de una ocasión se acercó a la puerta de la celda para pedir un poco de agua, recibiendo por repuesta la indiferencia del guardia. Desde su celda, Jesús escuchaba las consecuencias de los interrogatorios a otros presos, cuyos lamentos le producían un profundo dolor. La mortificación de la sed y la certidumbre de lo que le esperaba hacía que su corazón latiera con fuerza. Al fin, cerca del mediodía, entraron dos agentes que con brusquedad lo ayudaron a levantarse, le colocaron de nuevo las esposas y a empujones lo condujeron a la oficina donde sería fichado.

A las primeras horas de la madrugada, María Magdalena, acompañada por el Chino Tortosa y el Chato Paredes, se había hecho presente en el edificio de la Policía en busca de información sobre la situación de Jesús. Tenía la esperanza de que el antiguo cargo que ostentaron sus compañeros en la Policía Municipal les abriera las puertas necesarias para saber en qué estado se encontraba. ¿Verlo?, ni siquiera lo había pensado. Cuando preguntó por el detenido, solo recibió evasivas: "Ahora no se puede... vente más tarde... él está bien". Y aunque ella valientemente se enfrentaba a aquellos gorilas, tuvo que resignarse, impotente, a regresar a su casa. Cuando a Jesús lo sacaron de la celda, uno de los policías le dijo:

—Por aquí está tu amiguita; vino temprano, se fue y ahora acaba de volver para traerte el almuerzo.

Jesús la buscó con la mirada pero no pudo verla. Hubiera querido advertirle que no se involucrara en los hechos por venir. Cuando llegó la hora menguada, los amigos corrieron a esconderse temerosos de correr la misma suerte. Pero María Magdalena no; ella lo amaba y estaba dispuesta a enfrentarse con sus captores en un intento, que ella sabía inútil, de mitigar las consecuencias de la acción policial. Por eso se quedó sola, a las puertas de la Central policial, llorando por la suerte de su maestro amado, pero con la entereza de una mujer dispuesta a llegar hasta las últimas consecuencias.

Jesús fue fichado como cualquier delincuente y conducido luego a la oficina del Director. Con las manos esposadas a la espalda se detuvo frente al escritorio de Malpieri. Su mirada era triste y reflejaba un gran cansancio. La tortura sicológica de una larga noche de incertidumbre se reflejaba en sus ojos entrecerrados y enrojecidos. Malpieri lo miró de arriba abajo y dijo:

—De modo que eres el internacionalmente famoso Jesús...

Jesús bajó la mirada y nada contestó.

—Bien —continuó Malpieri—; necesitamos hacerte unas preguntas y espero que colabores con nosotros.

Y dirigiéndose a uno de los agentes le ordenó:

—Llévenlo a la sala de interrogatorios.

Esta sala era el terror de los detenidos. Allí los interrogados confesaban lo que habían hecho y lo que no, también. A Jesús lo "invitaron" a sentarse; los agentes cerraron la puerta y se sentaron. Minutos después, entró el interrogador. Era un hombre de mediana estatura, pelo canoso, lentes oscuros y era un experto en su oficio.

—Jesús, vamos a conversar —comenzó diciendo—. Tu expediente me dice que eres una persona importante. Has estado en la prensa, en la televisión e incluso fuiste invitado por el Departamento de Estado norteamericano, de modo que debe ser mucho lo que tienes que decirnos.

Jesús no contestó; solo miraba al suelo.

—Dime cuáles son tus ideas y qué es lo que pretendes enseñar.

Jesús continuaba mirando al suelo.

—Quiero que respondas a mis preguntas porque, de lo contrario, te va a ir mal.

Jesús levantó la mirada con evidente cansancio y preguntó:

—¿Me puede dar agua?

—Poco a poco —respondió el hombre—; habla primero.

Jesús volvió a bajar la mirada. ¿Qué podía responderle a aquel hombre para complacerlo?

—¿Te niegas a hablar? —preguntó, y le hizo una seña a uno de los agentes. Rápidamente este lo tomó por el cabello, le levantó la cara y le dobló el brazo por la espalda. Un gesto de dolor se dibujó en el rostro del detenido.

—Es mejor que hables —le aclaró el interrogador en un tono que fingía amabilidad—. Aquí somos efectivos en eso de obtener respuestas.

—Todo lo que he hablado lo he dicho en público; pregunta a quienes me han oído —respondió Jesús.

Un puñetazo certero se estrelló en el pómulo derecho e hizo que la cabeza cayera sobre su pecho.

—Limítate a contestar mis preguntas, pendejo, gruñó el interrogador—; mi paciencia tiene límites.

Jesús continuó con la cabeza sobre su pecho buscando sacarse el golpe. Repentinamente, una bolsa de plástico le cubrió la cara y le fue atada alrededor del cuello. Jesús sacudió la cabeza buscando aire, pero la bolsa seguía adherida a su cara. Expertos como eran es este método de tortura, los agentes sabían cuándo retirar la bolsa para evitar consecuencias funestas. Cuando le quitaron la bolsa, Jesús aspiró una bocanada de aire, se sintió mareado, su pómulo derecho comenzó a hincharse y en sus ojos había una expresión de angustia por la certidumbre aterradora de lo que se avecinaba.

—Entonces, ¿vas a hablar o no?

—Quienes me han oído —contestó Jesús— pueden dar fe de que solo he hablado del amor y la concordia que debe existir entre los seres humanos. Solo así podremos sentir la presencia viva de Dios en nuestros corazones.

—Eso que dices es muy bonito —acotó el agente—, pero has acusado públicamente al Gobierno de querer instaurar un régimen de fuerza para doblegar a la opinión pública. Has acusado a nuestros gobernantes de corruptos, mentirosos, demagogos e irresponsables. ¿Qué me dices?

Jesús bajó la cabeza y guardó silencio. Un nuevo puñetazo se estrelló en su boca y un hilillo de sangre brotó de sus labios heridos. Miró a los ojos del interrogador y dijo:

—Tú perteneces a un cuerpo de investigación que tiene que estar enterado de todo lo que sucede en el país. Entonces, si en el fondo de tu conciencia sabes que digo la verdad, ¿por qué me pegas?

El hombre guardó silencio por unos segundos, luego apretó fuertemente una de las muñecas de Jesús y le dijo:

—Tú eres un tipo muy peligroso, carajito.

—¿Peligroso, por qué? —pregunto Jesús— Mis palabras solo han expresado una verdad universal.

—A ti te vio el mundo entero en la entrevista que te hicieron en Washington.

—Milagros de la tecnología —respondió Jesús esbozando una ligera sonrisa la cual tuvo que reprimir por el dolor de sus labios maltratados.

—¿Qué te propusieron los gringos? —preguntó el policía.

—No me vas a creer, pero fui yo quien les hizo muchas sugerencias.

—¿Cuáles?

—Todas las que pueden conducir a reconocer la dignidad del ser humano.

—¿No tienes mas nada que decirme?

—¿Qué más quieres saber?

—Por ahí se dice que has hecho unos milagritos, como si eso fuese tan fácil. Explícame eso.

—Yo no tengo la potestad de hacer milagros. Solo nuestro Padre puede hacerlos.

—¿Nuestro Padre? ¿Es que acaso también es Padre mío?

—Aunque no lo creas, también eres su hijo.

—Vamos a parar esto por hoy; mañana seguiremos y espero que reflexiones. Recuerda que el dolor estimula la memoria. Por lo tanto, es mejor que contestes lo que te vamos a preguntar.

Mantener al prisionero en espera de otro castigo era

una técnica eficaz para que soltara la lengua. Hizo una seña a los agentes y estos, bruscamente, condujeron a Jesús esposado de nuevo a la celda.

15

Entonces se reunieron los pontífices
y los ancianos del pueblo
y acordaron prender con engaño a Jesús y matarlo.
—Mateo 26:3-4

Malpieri recibió un amplio informe sobre el resultado del interrogatorio. Dicho informe reflejaba lo que Jesús había dicho y también lo que no había dicho. Había un manifiesto interés en presentarlo como un enemigo del régimen, un desestabilizador del orden constitucional y "un hombre peligroso para la paz de la República". Las órdenes directas del Vicepresidente eran instruir un expediente para ser remitido a la Fiscalía, sumisa a los intereses del Gobierno.

El Fiscal General era un sujeto obediente al régimen imperante. Su carrera, más política que jurídica, había dado un vuelco exitoso saltándose alegremente la constitución y las leyes. Disponía de unos fiscales que obedecían ciegamente sus órdenes, las cuales venían directamente desde el alto gobierno, de manera que comisionó al fiscal Camilo Vásquez para que instruyera el expediente acusatorio.

Este Camilo Vásquez era un abogado con una dilatada trayectoria proselitista en su época de estudiante;

había pertenecido a organizaciones estudiantiles de izquierda desde las cuales había organizado múltiples acciones violentas. En una ocasión, encabezó una protesta con el fin de impugnar las elecciones del Centro de Estudiantes de la Universidad. Al frente de una turba, irrumpió en las oficinas del rectorado y exigió al Rector el desconocimiento de los resultados electorales. La protesta terminó con la intervención de los cuerpos de seguridad, lo cual hizo que los manifestantes tuvieran que salir a las afueras del recinto universitario en donde la policía detuvo a unos cuantos dirigentes y a muchos infiltrados.

Camilo Vásquez logró escapar y continuó su lucha política en la clandestinidad bajo el apodo de "Comandante Crespo". Tiempo después, cuando el hervidero político se calmó, regresó a terminar sus estudios de derecho logrando graduarse con calificaciones que llegaban a la mediocridad. Una vez graduado, fue consultor jurídico del Sindicato de Trabajadores de la Construcción, desde el cual promovió una serie de huelgas y protestas que finalizaban cuando Vásquez terminaba negociando con los patronos a cambio de una buena cantidad de dinero para su provecho personal.

En esta actividad conoció a Elías Muñoz, abogado de la parte patronal con quien hacía los arreglos necesarios en el asunto de las huelgas. Años después, Elías Muñoz fue nombrado fiscal general y, presumiendo la incondicionalidad de Vásquez, lo nombró fiscal con competencia nacional para encargarle los casos que convenía resolver a favor del régimen. Así fue como el expediente de Jesús fue a dar a las manos de Camilo

Vásquez. Dicho expediente, elaborado minuciosamente, incluía los cargos de "excitación a la desobediencia, desacato a la autoridad, difamación e injuria e incitación al desorden público". El Juez de Substanciación recibió el expediente, debidamente amañado. Inmediatamente determinó la existencia de los delitos y dio la orden de mantener detenido al acusado hasta la fijación de la audiencia preliminar.

Tres semanas después el Juez de Distribución escogió al Tribunal de la causa a cuyo frente estaba la jueza Rosa Mejías, compañera sentimental del fiscal Vásquez. Todo estaba arreglado. Las instrucciones del Fiscal General se cumplirían a cabalidad y Jesús sería juzgado y condenado. La jueza Mejías otorgó un lapso de dieciocho días para que fuesen presentadas las conclusiones de la investigación. El fiscal encargado debía presentar una acusación formal para comenzar el juicio.

16

El hermano entregará a su hermano a la muerte
y el padre a su hijo.
—Mateo 10:21

I

Cuando María Magdalena supo la decisión de los tribunales y la orden de mantenerlo detenido hasta la fijación de la audiencia, se dedicó a buscar a los amigos de Jesús para contratar la defensa. No encontró a ninguno. Solo Juan respondió a su llamado y, juntos, buscaron asesoramiento legal. Era necesario buscar un abogado que se hiciese cargo de la defensa, pero sus disponibilidades económicas eran escasas. Fue así como María y Juan solicitaron al Inspector de Tribunales que le fuese asignado un defensor público.

Para ello fue designado Augusto Montero, un joven abogado deseoso de hacer carrera como litigante, el cual tomó el caso con el deseo de contribuir a depurar a un poder judicial corrupto y así, con esa esperanza, comenzó a organizar los alegatos de la defensa. Cuando María Magdalena y Juan entraron a su oficina, lo encontraron hablando por teléfono con evidente preocupación.

—Doctor Vásquez, el derecho al libre proceso es un derecho constitucional. Necesito tener acceso al expediente.

Como respuesta a lo que le dijo el Fiscal, el abogado contestó:

—Entendido.

Y colgó el teléfono. Cruzó los brazos sobre el escritorio y dijo:

—Bien. Cuéntenme todo lo que saben.

Y fue así como María le habló de Jesús, de cómo lo había conocido y de cómo le hizo el milagro de apartarla de la droga. Le contó sobre el enorme atractivo que ejercía sobre la gente de corazón sencillo y de su prédica del amor y el entendimiento entre los seres humanos. El abogado Montero había visto la entrevista con Maru Pérez Ospino por televisión y la de Harry Queen desde Washington y tenía una opinión favorable sobre el reo, pero sabiendo el concepto que tenía Jesús sobre las esferas del poder político, económico, sindical y eclesiástico, decidió consultar la opinión de los jerarcas de la Iglesia Católica. Ellos también predicaban la paz y la concordia. Sin embargo, fueron muchas las veces que tuvo que esperar para que el Obispo lo recibiera. Las evasivas eran evidentes: Monseñor no está... Monseñor está quebrantado... Monseñor se encuentra en Roma. Cuando al fin el Obispo lo recibió, Montero se dispuso a recibir toda la colaboración del dignatario.

—Usted dirá Doctor —dijo Monseñor—, ¿en qué puedo servirlo?

—Como usted sabrá —abordó Montero—, tengo a mi cargo la defensa de un joven llamado Jesús a quien ustedes recibieron en el Palacio Arzobispal.

A pesar de que ya el Obispo había sido notificado del arresto de Jesús, respondió:

—Jesús... Jesús... sí, lo recuerdo. ¿Y qué desea saber?

—Necesito conocer su opinión sobre él.

—Es solo un buen muchacho con unas ideas muy particulares.

—¿Usted lo considera peligroso? —se interesó Montero.

—Hijo, todo el que cuestiona lo establecido se vuelve peligroso para alguien.

—¿Y no fue eso lo que hizo Jesucristo en su época?

El Obispo tosió como buscando una pausa para ordenar sus pensamientos.

—Esa fue la misión para la cual vino al mundo y por eso lo crucificaron.

—Monseñor —arriesgó Montero—, Jesucristo fue un

hombre terrible que incluso cayó en el pecado de la violencia.

—¿Cómo dices eso? —preguntó el Obispo asombrado.

—Jesús fue un hombre terrible —repitió Montero—. Tenía una lengua mordaz; a los de su época les dijo lo que debía decirles sin ninguna clase de miramientos. Incluso sacó a latigazos a los mercaderes del templo. ¿No es eso violencia?

—Y por eso fue condenado.

—¿Cree usted que a este Jesús le pasará lo mismo?

—Eso solo lo pueden decidir los tribunales de justicia —respondió el Obispo.

—Precisamente —acotó Montero—, por eso estoy aquí. Quiero solicitar un testimonio favorable por parte de la Iglesia para incluirlo en los alegatos de la defensa.

—Doctor Montero; la Iglesia, como institución, no puede inmiscuirse en estos asuntos.

—¿Y usted, personalmente? —le inquirió el abogado.

El Obispo tosió de nuevo nerviosamente y respondió:

—Tampoco. El Vaticano nos lo ha prohibido. Tampoco quiere inmiscuirse en asuntos de esta índole.

El abogado se levantó, frustrado en su intento por obtener una ayuda que favoreciera a su defendido. Le dio la mano al Obispo y se despidió. Cuando abrió la puerta de la oficina para salir, dio media vuelta y dijo:

—Monseñor, si Cristo volviera al mundo de nuevo, jamás pisaría las puertas de El Vaticano. Cerró la puerta y se fue.

Al salir a la calle, tomó camino hacia la Central de

policía. Su deber como abogado defensor era entrevistarse con su defendido, recabar toda la información necesaria sobre sus actividades, su modo de pensar, sus ideales y sus planes de vida. Ya él sabía mucho, pero necesitaba conocer personalmente al reo. El tráfico estaba lento por lo que Montero tuvo tiempo de inmiscuirse en sus pensamientos. La defensa de Jesús se había convertido en todo un reto. Conocía muy bien el deplorable estado en que se encontraba el Poder Judicial. Cuando al fin llegó a la Central, se encontró con un gran número de personas, a cuyo frente estaba María Magdalena, que portaban pancartas que pedían la liberación de Jesús. La represión policial no se hizo esperar y las bombas lacrimógenas dispersaron a los manifestantes que corrieron a esconderse en los alrededores del edificio. El abogado, pañuelo en mano tapándose la nariz, logró entrar al edificio, se identificó y solicitó entrevistarse con el Jefe de Policía. Cuando Montero entró a la oficina de Malpieri, este estaba de un evidente mal humor, de modo que, sin esperar a que Montero hablara, dijo en forma tajante:

—Mire Doctor, ya sé quién es usted. Este asunto se me está complicando de modo que, para evitar otras consecuencias, lo voy a dejar que se entreviste con el detenido. Pero eso sí, no se me dilate, porque de lo contrario usted también se quedará.

—Señor Malpieri —respondió Montero—; me permito recordarle que soy un abogado en ejercicio y que esa amenaza está de más. La ley me permite hablar con mi defendido.

Y así Montero fue conducido a la sala de entrevistas.

El abogado constató el deplorable estado físico del detenido. Lo observó pálido, demacrado, con profundas ojeras y una expresión de cansancio en sus ojos. Sin embargo, algo tenía en la mirada que le penetró las pupilas y le llegó hasta lo más profundo del alma. Su corazón se llenó de profunda compasión por el estado físico de aquel muchacho que él sabía era inocente. La entrevista no fue todo lo larga que hubiera deseado, pero tampoco toda lo corta que Malpieri quería. Cuando terminó de hablar con Jesús le dijo:

—Esperemos la audiencia preliminar y, con el favor de Dios, saldremos de esto.

Jesús, cabizbajo, le respondió:

—Ya yo sé cuáles son los planes de Él.

Y ambos se despidieron.

II

En la casa N.° 5 de Propatria, María, la madre, frente al televisor, presenciaba lo que sucedía en las afueras de la Central de policía. Con asombro y angustia, observó a María Magdalena correr ante la embestida policial y, llena de temor, rezaba pidiendo por ella, por los que la acompañaban y, especialmente, por el hijo preso. El timbre de la puerta la sacó de sus oraciones y cuando la abrió, se encontró de frente a Pedro y Santiago. Ambos habían ido, temerosos, a saber del paradero de Jesús. Ninguno había tenido el valor de enfrentar los acontecimientos como lo había hecho María Magdalena. Cuando preguntaron por ella, María les señaló el televisor.

—Ahí la tienen —les dijo.

Los dos hombres bajaron la mirada avergonzados por la desigual actitud frente a los hechos. Fue así como se enteraron del juicio que se avecinada; de la presencia de un defensor público; del maltrato a que había sido sometido el amigo preso y de la profunda soledad de la madre que, noche tras noche, lloraba la ausencia del hijo.

Pedro y Santiago no encontraban qué decir. Se sentaron, temerosos, con las manos entre las piernas y volvieron la mirada hacia María. Esta, con una sonrisa de comprensión, les ofreció café, y Pedro y Santiago aceptaron gustosos el ofrecimiento. La tía Josefa trajo las dos tazas de un humeante y aromático recién colado y se sentó en silencio. Hablaron generalidades con ambas mujeres y le prometieron que ellos también estarían presentes en los actos por venir. Al poco rato se abrió la puerta y entró María Magdalena. Venía despeinada y con el rostro y los ojos enrojecidos por el efecto de los gases. Fue grande su sorpresa cuando se encontró con ambos hombres. Abrazada a María, la madre, temblaba de indignación y lloraba de impotencia. María le ofreció un vaso de agua y enjugó sus ojos enrojecidos por la irritación. Una vez calmada, contó con detalle lo sucedido y mostró un moretón en una de sus piernas, producto de un rolazo policial. Luego, aquella mujer valiente y decidida miró fijamente a los dos hombres que estaban sentados a su lado y les reprochó su cobardía y su desidia. Les reclamó haberla abandonado en los momentos en que más necesitaba que estuvieran a su lado para defender al amigo. Pedro y Santiago no encontraron qué decir; lo único que hizo Pedro, en silencio, fue abrazar a María Magdalena y llorar avergonzado.

III

La audiencia preliminar fue pautada para un día jueves a las diez de la mañana. Al Tribunal se presentaron el abogado defensor y el Fiscal y sus asesores. La Jueza había ordenado el traslado del reo a la sede del Tribunal una hora antes y, desde ese momento, el detenido se encontraba esperando el inicio de la audiencia. En las afueras se habían reunido muchos de los seguidores de Jesús a cuyo frente se encontraba María Magdalena y María, la madre, además de una gran cantidad de curiosos. De una camioneta Cherokee gris cuatro hombres habían bajado a Jesús, esposado, y lo condujeron entre la multitud. Ambas Marías se abrieron paso entre la gente y trataron de acercarse a Jesús, pero fueron rechazadas en forma violenta por los agentes de la policía distrital. Hacía más de dos semanas que no lo veían, por lo que sintieron gran tristeza cuando notaron su faz demacrada y su cuerpo adelgazado que mostraba un aspecto enfermizo y débil. Los agentes de la fuerza pública tuvieron que lidiar duro para mantener alejada a la gente que pugnaba por entrar al recinto tribunalicio. Toda la escena fue recogida por las cámaras de televisión que tuvieron que contentarse con esperar en las afueras del Palacio de Justicia. La única que, valiéndose de cierta influencia, logró entrar fue Milagros Galbán, la periodista que seguía los pasos a Jesús en procura de otro reportaje exitoso.

A las once de la mañana se instaló el Tribunal para dar comienzo a la audiencia preliminar. A un lado, el fiscal Camilo Vásquez se disponía a leer los alegatos para hacer una acusación formal. Al otro, el defensor Augusto Montero presentaría al Tribunal de la causa los documentos que dejarían constancia de la inocencia de su defendido. Al centro, en el estrado, la jueza Rosa Mejías se disponía a "impartir justicia". La Jueza golpeó con el martillo y dijo:

—Tiene la palabra la Fiscalía.

—Gracias, señora Jueza. Vengo a dejar constancia, ante el Tribunal, de los cargos que pesan sobre el detenido. La Fiscalía imputa al ciudadano conocido como Jesús, de los cargos de difamación e injuria, incitación a la desobediencia y de alteración al orden público mediante concentraciones callejeras no autorizadas.

—¿Tiene usted las pruebas a mano? —preguntó la Magistrada.

—En el expediente constan dichas pruebas. Me permito dejarlas en sus manos —respondió el Fiscal.

La Jueza tomó la carpeta con el expediente acusatorio y dijo:

—Tiene la palabra la Defensa.

—Gracias, señora Jueza —comenzó Montero poniéndose de pie—. La Defensa rechaza en forma tajante la acusación de la Fiscalía. En ningún momento mi defendido ha alterado el orden público y de eso pueden dar fe los testigos que aparecen en los alegatos de la Defensa. Además, el delito de difamación e injuria no está presente puesto que mi defendido jamás especificó a persona alguna en particular; siempre habló en forma general. Me permito poner en sus manos el expediente probatorio y solicitar de este Tribunal la absolución e inmediata liberación de mi representado.

—Este Tribunal —informó la jueza Mejías— abre el juicio contra el imputado y se dispone a estudiar el caso. Se fija el término de quince días hábiles para iniciar la fase plenaria.

La jueza Mejías se levantó y todos los presentes se pusieron de pie hasta que la Magistrada abandonó el salón.

A la salida, Jesús fue empujado de nuevo, ante la gente reunida en las afueras del Tribunal, dentro de la camioneta gris, la cual partió violentamente mientras los presentes gritaban consignas a su favor. Cuando Montero salió del edificio, Milagros Galbán se le acercó:

—Doctor Montero, ¿cómo ve usted el caso? —preguntó.

—Las pruebas de inocencia —le informó Montero— son irrefutables. En la calle hay personajes verdaderamente peligrosos para la sociedad que gozan de libertad plena. Esperamos que, en el caso de mi defendido, se haga justicia.

—¿Cuándo comenzará el juicio? —preguntó Milagros.

—En quince días se dará inicio a la fase plenaria.

—¿Quiénes son los testigos que presentará la Defensa?

—Eso pertenece al secreto sumarial —respondió Montero y se despidió de la periodista.

IV

La jueza Rosa Mejías tomó los expedientes, canceló las audiencias del día y se dirigió a su oficina y allí estuvo hasta las cinco de la tarde estudiando el caso. Al concluir tomó el teléfono y llamó al fiscal Vásquez.

—Camilo, soy Rosa.

—Dime corazón... —respondió el Fiscal al otro lado de la línea.

—Mira, amor; acabo de leer el expediente de Jesús y la verdad es que no encuentro nada de particular.

—Rosa, cuidado con lo que vas a hacer. Las instrucciones del doctor Muñoz fueron muy claras.

—El empeño en condenar a este pobre muchacho —contestó la Jueza— es incomprensible.

—Rosa —respondió Vásquez—; ten en cuenta que en este caso hay un componente religioso que complicaría las cosas. A los políticos se les permite hablar todas la bolserías del mundo, pero cuando la religiosidad está presente, el asunto adquiere una seriedad especial. Acuérdate de que nuestro pueblo es eminentemente religioso y la culebra hay que matarla por la cabeza.

—Aun así me parece injusto —insistió la Jueza.

—Tú verás lo que vas a hacer —replicó Vásquez—; toma una decisión ajustándote en lo posible a derecho para evitar protestas. A este carajito hay que condenarlo haciéndolo pasar como un agitador de oficio. Un beso.

Y colgó.

V

Durante los quince días que transcurrían para la fase plenaria, el abogado defensor visitó a Jesús en la sede policial. Allí le explicó en detalle los cargos que se le imputaban. Montero seguía considerando que el cargo por difamación e injuria no estaba presente; el de alteración del orden público podría considerarse como válido, aunque era un delito menor. Sin embargo el de excitación a la desobediencia era el que mayor peso tendría para una sentencia condenatoria.

Jesús se veía cansado y pálido y mostraba una barba poblada, resultado de muchos días sin rasurarse. Con voz entrecortada y fatigosa le preguntó a Montero por su madre y por María Magdalena. El abogado le dio noticias de ellas y procedió a calmar su ánimo.

—Jesús —le pidió Montero—; el día de la audiencia déjame todo a mí.

—Doctor Montero —respondió Jesús—; todavía es mucho lo que tengo como obligación decir. Comprenda usted que esa es la misión para la cual nací.

—Solo si la Jueza te lo ordena podrás hablar; pero cuidado con lo que dices.

—Doctor —continuó Jesús con expresión triste—, ¿cree usted que podría ver a mi mamá y a María Magdalena? Son las personas que más amo en la vida.

—Voy a hacer las diligencias pertinentes. Hablaré con el Director para solicitar un permiso.

Montero se despidió de Jesús y se dirigió a la oficina de Malpieri. Este se encontraba reunido con los agentes de la brigada de capturas, por lo que el defensor tuvo que hacer una larga antesala. Cuando por fin entró a la oficina, este lo recibió con una cortesía poco usual.

—Adelante doctor Montero, ¿en qué puedo servirlo?

—Señor Director —pidió Montero—; vengo a solicitar un favor muy especial. Mi defendido me ha pedido que interceda ante usted para poder recibir la visita de su madre y de un familiar. Como usted sabrá, faltan pocos días para el inicio de la fase plenaria.

—¡Carajo, Montero! —tronó Malpieri volviendo a su habitual estado de prepotencia—. Lo que usted me pide es poco corriente; sin embargo, para que no se diga que en el país se violan los derechos humanos, voy a permitírselo pero por un lapso no mayor de media hora.

—Será suficiente —respondió Montero—; le agradezco mucho su condescendencia.

Malpieri tomó una hoja de papel y escribió el permiso de visita, se lo entregó al abogado y este se despidió. Al salir de la oficina, se fue directamente a la casa de María. Allí estaban las dos mujeres y la tía Josefa con la angustia reflejada en sus rostros. Montero no conocía a María, la madre, por lo cual se presentó cortésmente y le explicó el motivo de la visita. Cuando saludó a María Magdalena, reconoció en ella a la muchacha que había solicitado sus servicios como defensor y a la que había tenido que correr el día del jaleo frente a la Policía Política. Les comunicó que, al día siguiente, podrían visitar al detenido y les dio las instrucciones necesarias sobre cómo debía ser su comportamiento durante la visita. Las dos mujeres se alegraron de poder ver, una al hijo amado y la otra, al hombre que amaba. Dos amores diferentes pero ambos, amor al fin, prolongación del amor del Creador por sus criaturas.

Y fue así como al día siguiente, bajo un cielo nublado y una llovizna persistente, las dos mujeres llegaron a las puertas de la Policía. Allí estaba Montero esperándolas para hacerlas pasar al interior del edificio. El abogado mostró al guardia el permiso firmado por Malpieri y tres agentes fuertemente armados acompañaron a las visitantes a la sala de visitas. Al poco rato se abrió la puerta y entró Jesús. El encuentro fue emotivo; la madre abrazó al hijo preso y rompió en llanto. Algo presentía ella, algo en su corazón le decía que aquella sería la última vez que lo vería. Por su mente pasaron aquellos años en La Ceiba; José y sus matas de yuca y plátanos; la escuela, el liceo y, por último, la partida del hijo hacia la capital en busca de su destino. En aquel momento ella no sabía cuál sería ese destino hasta que, un día ya en la capital, lo descubrió. Desde ese momento su corazón no tuvo descanso ni paz.

Con igual fuerza latía el corazón de María Magdalena. Cuando vio a Jesús frente a ella, su primer impulso fue correr a sus brazos y llorar sobre su pecho. Sin embargo, se le acercó, le acarició suavemente las mejillas y le dio un beso. Hablaron rápidamente de todo un poco, de la tía Josefa y del proceso que se avecinaba, hasta que Jesús dijo:

—María Magdalena, quiero encargarte algo. Busca a los amigos de siempre y procuren llevar un mensaje de paz, amor y unidad a todas las comunidades. Manténgase unidos en el amor. Mi corazón me dice que no saldré vivo de esto.

María Magdalena enjugó dos lágrimas de sus ojos tristes, aquellos mismos que un día estuvieron enrojecidos por el demonio de la droga; aquellos mismos ojos que miraban arrobados a Jesús cuando ella se sentaba a sus pies para oírlo hablar y para meditar y comprender lo que los otros amigos nunca comprenderían. Aquellos habían huido a la desbandada cuando Jesús fue apresado; en cambio ella se enfrentó con coraje el día en que tuvo que correr para huir de los gases lacrimógenos y, a pesar de eso, continuó visitando las adyacencias de la Central policial con la esperanza de que le permitieran llevar comida al detenido o, quizá, algo que sabía imposible: que le permitieran verlo. Fue ella quien se entendió con Montero; fue ella quien le informó de todos los aspectos relativos a la vida de Jesús y quien se convirtió en el pilar fundamental sobre el cual girarían sus últimos días. Fue ella, en fin, quien recogió todas las enseñanzas que luego transcribía a su diario personal llevado con meticulosidad femenina. Ella sabía que es imposible para la mente humana entender el lenguaje de Dios en la infinidad del universo; por eso sus oídos se llenaban con las palabras de Jesús, intérpretes de la voluntad divina. Ella, y solo ella, había comprendido toda la magnitud de aquel mensaje como herramienta de paz interior y fue ella, en fin, quien se encargaría de dirigir a los otros, cobardes y pusilánimes, para que continuaran el camino trazado por su maestro.

—Prediquen —continuó Jesús— la palabra de Dios que es la semilla de la cual vive el hombre, pero predíquenla con humildad y sin ampulosidades. Busquen un cambio de mentalidad para que no sean fines egoístas los que muevan a las personas; esa es la única forma de que exista felicidad en este mundo. Por último, María, te encargo a mi madre. Cuídala y protégela en toda su indefensión. Y tú... cuídate mucho.

María Magdalena no logró reprimir el impulso que pugnaba por salir de su pecho. Se abrazó a su cuello, lo besó insistentemente en la mejilla, recostó su cara contra aquel pecho adelgazado por el hambre y lloró amargamente.

VI

Por las puertas de la Fiscalía entraban y salían personas, unas con la parsimonia típica de quien detenta el poder político y otras con la rígida expresión característica de quien fue citado, bien como testigo o bien como imputado. Allí fue Augusto Montero. Iba en busca del fiscal Camilo Vásquez. Necesitaba leer el expediente acusatorio para poder establecer la estrategia de la defensa. Montero no abrigaba muchas esperanzas en el éxito de su gestión. Él, como abogado, sabía de las arteras artimañas con las que el Ministerio Público y los jueces procuraban restringir el derecho a la defensa. Pero también sabía que la defensa es un derecho inviolable que debe ser garantizado como un derecho constitucional. Sin embargo, estaba dispuesto a enfrentar la situación con toda la firmeza profesional de un joven abogado. Cuando entró a la oficina del fiscal Vásquez, este tenía el expediente sobre el escritorio. Al ver a Montero, lo guardó con disimulo en una de las gavetas, saludó secamente al defensor y le preguntó por el motivo de su visita.

—Doctor Vásquez; ya está cerca el inicio del juicio contra mi defendido y necesito leer el expediente.

—Eso no es posible ahora; aún estoy substanciando la acusación.

Montero conocía las tácticas dilatorias con las que un Poder Judicial corrupto ponía todo tipo de cortapisas a los principios que garantizan el respeto a los derechos de los acusados.

—Doctor Vásquez —aclaró Montero—; vuelvo a recordarle que el tiempo es corto y a la defensa no se le pueden poner obstáculos a su derecho de acceso a los autos para estructurar la defensa.

—Comprendo Doctor —contestó Vázquez— pero...

—El imputado y su defensor —interrumpió Montero— tienen el derecho de examinar el expediente acusatorio. De otro modo sería una violación a los derechos constitucionales.

Los argumentos esgrimidos con tanta firmeza por el defensor causaron el efecto deseado y al Fiscal no le quedó otro remedio que permitirle el acceso al expediente. Montero lo leyó con detenimiento y observó que en él había una lista de personas que serían citadas en calidad de testigos. Una vez leído el expediente, Montero se retiró a su oficina para allí también organizar su defensa.

VII

Aquella mañana, bajo un cielo nublado y una llovizna fastidiosa, Milagros Galbán llegó al Palacio de Justicia y se apostó a la entrada del edificio donde ya habían hecho lo mismo las cámaras de televisión. En las afueras se había congregado gran cantidad de personas quienes portaban consignas a favor de Jesús. A la sede del Tribunal habían entrado las personas que iban a presenciar el inicio de la fase plenaria. María, la madre, expectante y temerosa ante la certidumbre aterradora de lo que sabía inminente y María Magdalena, también expectante, pero con la altivez propia de la mujer valiente. Algunos de los seguidores de Jesús se encontraban en la sala convocados por Montero en calidad de testigos. Allí estaban Santiago, Juan, el Chino Paredes, el Chato Tortosa y Milagros Galbán, libreta en mano. Por parte del Fiscal, se encontraba una representante del sector sindical y del gremio médico. También estaba Eudoro Montesinos, aquel oscuro Jefe Civil que había oído hablar a Jesús. Sin embargo, el más peligroso de todos los testigos de la Fiscalía era Rafael Suderla.

La jueza Rosa Mejías hizo su entrada a la sede del Tribunal.

—Se da inicio al juicio en contra del acusado de nombre Jesús. Tiene la palabra el Fiscal.

—Gracias, Señoría —comenzó Camilo Vásquez—; la Fiscalía hace una acusación formal en contra del detenido por los cargos que constan en el expediente. En él se especifica claramente que el detenido ha incurrido en los delitos de alteración del orden público en diversas ocasiones y de esto pueden dar fe los testigos de la Fiscalía, por lo cual me permito llamar al estrado a Rafael Suderla.

Este Rafel Suderla era uno de los hombres que, en la camioneta sin placas, había estado vigilando todos los pasos de Jesús. Desde muy joven había ingresado en los servicios de inteligencia policial y allí había aprendido que un buen policía debe tener la habilidad suficiente para hilvanar situaciones que favorezcan el resultado de una investigación, aun cuando estas sean ficticias. Así había aprendido a sembrar armas y drogas cuando la conveniencia policial así lo exigiera.

—Diga su nombre —exigió el Fiscal.

—Rafael Suderla.

—¿A qué se dedica?

—Soy detective privado —mintió Suderla.

—Diga —ordenó el Fiscal—, ¿qué fue lo que usted oyó decir al acusado en una reunión frente a la Jefatura Civil?

—Dijo que al odio hay que combatirlo con las armas.

Jesús lo miró asombrado y una leve sonrisa afloró en sus labios.

—¿Puede usted decir si el acusado portaba algún tipo de arma?

—No señor, no puedo asegurarlo, pero no sería raro que la portara.

—Limítese a responder las preguntas —aclaró la jueza Rosa Mejías—; evite hacer sugerencias a favor o en contra de alguna de las partes.

—Sr. Suderla —continuó el Fiscal—, ¿puede usted decirnos en qué otra actividad ilícita se ha visto envuelto el acusado?

—En una ocasión —continuó Suderla—, frente al bar "Aquí me quedo", el acusado intervino en una confrontación armada entre dos bandas de asaltantes de barrio.

Jesús, asombrado, lo miró de nuevo. No podía dar crédito a lo que aquel hombre decía con tanto descaro.

—Protesto, señora Jueza —se opuso Augusto Montero poniéndose de pie—; mi defendido...

Pero la Jueza no lo dejó concluir.

—No ha lugar a la protesta —dijo—; la Defensa tendrá luego la oportunidad de ejercer su derecho. Continúe, señor Fiscal.

—Gracias —respondió Camilo Vásquez—; continúe, señor Suderla.

—En un programa por televisión aseguró que no había venido a traer la paz sino la guerra.

Jesús volvió a sonreír con tristeza. Era evidente que, para aquel hombre, el mensaje no había llegado. La pompa de lo terreno sobrepasaba la infinidad de lo espiritual. Rafael Suderla sabía con certeza que Jesús era inocente de los cargos que se le imputaban, pero el afán de eficiencia en el desempeño de su labor policial se sobreponía al deber ético de decir la verdad.

—Además —continuó el testigo—, en varias ocasiones lo oí afirmar que su misión era vivir entre pecadores.

—Gracias, señor Suderla. La Fiscalía llama al estrado a la señora Clara Guzmán.

Al estrado subió una mujer pequeña y regordeta, con

el aire prepotente típico de una dirigente política. Estaba impecablemente peinada; se notaba que había ido a la peluquería a acicalarse para la ocasión.

—Diga su nombre —pidió el Fiscal.

—Clara Guzmán.

—¿A qué se dedica?

—Trabajo para el SUTE.

—¿Y eso qué es?

—Sindicato Único de Trabajadores de la Educación.

—Dígale al Tribunal lo que usted oyó decir al acusado en aquella manifestación en el este de la ciudad.

—El señor Jesús habló en forma denigrante de los que somos dirigentes sindicales. Nos llamó lobos vestidos con piel de cordero; dijo que nosotros llevamos una vida regalada a costa de los trabajadores, que vestimos trajes finos y que frecuentamos los mejores restaurantes para negociar con la elite burguesa. Eso es difamación e injuria.

—Eso lo decidirá el Tribunal —interrumpió la Jueza—. Absténgase de hacer afirmaciones que no le competen. ¿Tiene algún otro testigo, señor Fiscal?

—Por el momento no, Señoría.

La Jueza otorgó de inmediato la palabra a la Defensa. Montero se puso de pie y llamó:

—Manuel Paredes —una vez que el testigo pasó al estrado preguntó—. Diga su nombre y ocupación.

—Manuel Paredes —respondió el testigo—, pero todos me conocen como el Chino Paredes. Fui policía municipal pero ahora me dedico al comercio informal.

—Diga cómo conoció usted al imputado.

Y así el Chino Paredes contó al Tribunal cómo,

ejerciendo la función de espía policial, quedó atrapado ante el mensaje de salvación, de amor y de concordia que había oído de labios de Jesús. Asimismo dejó testimonio de cómo su compañero, el Chato Tortosa, lo había acompañado en la envidiable experiencia de la fe. Seguidamente el defensor llamó a declarar a María Magdalena. Cuando esta se puso de pie, la Jueza la vio con admiración femenina. Aquella testigo era una mujer muy joven que caminaba decidida hacia el estrado para dar su testimonio. No observó en ella ni un solo momento de vacilación. Montero le hizo las preguntas de rigor y María Magdalena le contó al Tribunal cómo había conocido a Jesús; cómo había cambiado su vida para mal cuando, en el liceo, había sustituido la esperanza en sus estudios por la maldición de las drogas y, luego, cómo Jesús logró milagrosamente sacarla de ese infierno y poner su alma a vivir la palabra de Dios. María Magdalena afirmó, con énfasis, que desde aquel momento su corazón y su mente habían experimentado la universalidad de unas palabras de vida que habían desencadenado una verdadera revolución dentro de ella con la cual estaba viviendo la maravillosa experiencia de disfrutar su relación con Dios y con el prójimo.

—Hoy, señora Jueza, me siento en paz con Dios y conmigo misma —concluyó María Magdalena.

Montero dio por concluida la intervención y se dirigió a la Jueza.

—Con permiso, Señoría. Me permito poner en sus manos dos videos. Uno reproduce la entrevista que le hiciera la conocida periodista Maru Pérez Ospino en la televisión nacional y otro, la que le hiciera el entrevistador norteamericano Harry Queen. En ambos videos se comprueba la inocencia de mi defendido.

—Bien —concluyó la Jueza—. Este tribunal se dispone a estudiar el caso para contraponer los elementos probatorios de ambas partes. Se suspende la audiencia para dentro de quince días.

VIII

Dos días más tarde, el fiscal Camilo Vásquez recibió una citación oficial de la jueza Rosa Mejías.

—Para mí esto está más claro que el agua —opinó la Jueza—; este muchacho es un líder religioso y es totalmente inofensivo.

—Rosa, un simple líder religioso no hace lo que él ha hecho. Acuérdate de que, según se dice, controló una situación de secuestro en un avión en forma milagrosa.

—¿Y eso es delito? —le preguntó.

Camilo Vásquez fingió no oír la pregunta, sino que prosiguió:

—Y además, ¿cómo diablos hizo para hablar tantos idiomas a la vez? ¿No es eso algo sobrenatural?

—¿Y eso es algo delictivo? —volvió a preguntar la Jueza.

—No; no es que sea delito, sino que cuando las denuncias se unen a actos que sobrepasan lo natural, las masas se inflaman de un fervor que puede ser peligroso.

—Pero, ¿tú crees lo mismo que yo? —preguntó Rosa Mejías.

—Yo no creo nada, cariño. De lo que estoy seguro es que hay que eliminar el peligro.

—¿Y si resulta que él es quien yo me imagino?

—Creería que estoy ante la más bella ingenua de la Tierra —respondió el Fiscal y se despidió.

IX

La nueva audiencia dio comienzo a las diez de la mañana, colmada de gente. En esa ocasión había un nuevo asistente: monseñor Mejías, discretamente vestido para ocultar su identidad sacerdotal con una simple camisa a cuadros y una chaqueta color crema. En sus facciones se notaba la congoja por el destino de aquel de quien estaba seguro ser quien suponía. Tomó asiento discretamente escondido entre las personas que llenaban el recinto. Augusto Montero y Camilo Vásquez ocuparon sus lugares en espera de que la Jueza hiciera acto de presencia en la sede del Tribunal. Jesús permanecía cabizbajo al lado de su abogado defensor. A pesar de que llevaba un rato evitándolo, monseñor Mejías no pudo obviar la mirada con que Jesús lo descubrió entre el público. Sus miradas se encontraron en el espacio y ambos se dijeron muchas de las cosas que tenían que decirse. Por la mente de ambos pasaron las imágenes del buen Nicodemo, aquel viejo integrante del Sanedrín, quien había tenido una larga conversación con Jesús dos mil años atrás. Monseñor Mejías recordó el capítulo del evangelio de Juan en el que Jesús había dicho a Nicodemo que hay que nacer de nuevo para entrar al reino de Dios. Jesús, por su parte, recordó haberle dicho que aquel que no naciera del agua y del espíritu no podría entrar a ese reino. Monseñor sabía que la voluntad de Dios está con aquel reo a quien están a punto de juzgar. Jesús sabía que el Hijo del hombre no tiene ansias de retaliación y venganza pues sabe que proviene de un Padre compasivo y misericordioso.

Un portazo sacó a ambos de sus meditaciones. La jueza Rosa Mejías hizo su entrada al Tribunal. Todos se pusieron de pie hasta que la Magistrada tomó asiento. Sin embargo, Rosa Mejías fue tajante y directa y con toda la majestad de su cargo dijo:

—Visto los alegatos de ambas partes, este Tribunal decide continuar el juicio al señor Jesús en libertad. Por ello se decreta la libertad provisional al reo con el régimen de presentación cada quince días ante el Tribunal y se le dicta prohibición para salir del país. La parte acusadora y la parte defensora pueden continuar con la presentación de pruebas hasta nueva decisión. Se suspende la sesión.

A Camilo Vásquez aquello le cayó como un baño de agua fría y le dirigió una mirada de reproche a la Jueza. Augusto Montero, en cambio, celebró la decisión dándole un emotivo abrazo a su defendido.

A las puertas del Tribunal se apostaron las cámaras de televisión en espera de la salida de Jesús. Como buena periodista, Milagros Galbán tenía su grabadora lista para la entrevista que ella suponía exclusiva.

Los seguidores de Jesús, entre alegres y esperanzados en un final feliz, esperaban ansiosos la salida de su líder. Al fin, Jesús salió a la calle entre Montero, María Magdalena y María, la madre. Todos irrumpieron en vivas y aplausos y trataban a acercarse para felicitarlo.

Jesús, con ansias de volver a la paz de su hogar, tuvo que detenerse ante el acoso de los reporteros.

—¿Qué opinión le merece la decisión de la Jueza?

—Que está ajustada al derecho —respondió Montero.

Jesús callaba.

—¿Cuáles cree usted que serán las acciones que tomará la Fiscalía?

—Eso habría que preguntárselo al Fiscal —respondió de nuevo Montero.

Jesús callaba.

—¿Qué acciones tomará ahora la Defensa?

—Eso lo informaremos a su debido tiempo.

Jesús callaba.

Al fin, cuando Milagros Galbán se plantó frente a Jesús libreta en mano, este le sonrió con una mezcla de cariño y cansancio.

—¿Qué opinas de la prohibición de salida del país que te ha sido dictada? —preguntó Milagros. Esta vez sí habló Jesús.

—Que las leyes de los hombres deben cumplirse siempre y cuando no vayan en detrimento de la persona.

—¿Y las leyes de Dios? —preguntó un reportero con evidente ironía en sus palabras.

—Las leyes de Dios nunca van en contra de la dignidad de las personas; por eso son inmutables y de obligatorio cumplimiento.

—¿Y qué piensas hacer ahora que estás en libertad provisional? —volvió a preguntar Milagros.

—Cumplir la voluntad del Padre. Ya Él me trazó un camino y, aunque duro, tengo que recorrerlo.

Jesús sabía de sobra cuál era la voluntad de Dios y

así se despidió de los reporteros y tomó camino a su casa acompañado de los suyos y de su defensor. Monseñor Mejías lo miró y sonrió aliviado, pero Camilo Vásquez tendría que afrontar lo que se le avecinaba.

El fiscal general Elías Muñoz había citado a su despacho a Camilo Vásquez. La decisión de la Jueza echaba por tierra los planes concretos que tenía con respecto a Jesús. Además, desde el alto gobierno, había presiones sobre el Fiscal General.

—El caso fue muy mal llevado —le recriminó—; habrías debido inventar pruebas más contundentes.

—Doctor Muñoz, todo lo que pude hacer, lo hice —respondió Vásquez—, pero la Jueza vio la situación con un juicio muy personal sin tomar en cuenta intereses superiores.

Y fue así cómo el Fiscal General ofició al Inspector de Tribunales solicitando la destitución de Rosa Mejías como jueza. A Camilo Vásquez lo encargó de asuntos de menor importancia y se comunicó con el Vicepresidente de la República para pedir instrucciones. Estas no se hicieron esperar; se le ordenó comunicarse con Saturno Malpieri con el fin de dar solución definitiva al asunto. Cuando Malpieri recibió las instrucciones, llamó a uno de sus adjuntos y le dijo:

—Dígale a Alexander Carrillo que venga a mi oficina. Comuníquele que le tengo una misión.

—¿Alexander Carrillo? —preguntó el otro—. ¿Es tan grave la cuestión?

—No pregunte nada y haga lo que le estoy mandando —respondió tajante Malpieri.

XI

Varios días estuvo Jesús en su casa sin querer ver a nadie, con el fin de reponerse de las agotadoras jornadas de reclusión. Sin embargo, la camioneta sin placas volvió a aparecer por los predios de la casa N.° 5, esta vez con un nuevo pasajero: Alexander Carrillo.

Un buen día Jesús decidió salir a dar un paseo en compañía de María Magdalena y sus amigos. Llegaron a la plaza del barrio y se sentaron a descansar. Cuando la gente lo descubrió, se fue reuniendo con la esperanza de oírlo hablar de nuevo. Entonces Jesús tomó la palabra:

—Queridos amigos, a pesar de todo, hoy me siento contento de hablarles de nuevo. Estoy aquí gracias a la decisión de una jueza que no ha vacilado en juzgar según su conciencia. Les aseguro que ella está entre las predilectas de Dios pues, cuando los jueces dictan sentencias incoherentes por ser dependientes de algún partido político o de intereses gubernamentales hasta llegar a casos de prevaricación, no hacen otra cosa que desvirtuar el verdadero sentido de la justicia.

Jesús observó que la camioneta sin placas se había estacionado a prudente distancia del sitio en donde estaba hablando.

—Y es que yo les digo: no hay peor lacra en la Tierra que un Poder Judicial corrompido. Yo quiero alertarlos contra los demonios que incuban en la vida de los seres humanos y los hacen proclives al mundo de las tinieblas.

Aléjense del demonio de la autosuficiencia que conduce a la vanagloria y al egoísmo y que hace al hombre sentirse superior a los demás, anidando en su alma el sentimiento de desprecio por otros seres a quienes considera inferiores.

Huyan del demonio de la sensualidad y la lujuria que hace considerar al sexo por encima del amor, tal como lo pregonan muchos programas de televisión, principales pervertidores de ese impulso maravilloso con que nos dotó el Creador.

Alexander Carrillo se bajó de la camioneta y se mezcló con el numeroso grupo que oía a Jesús. Necesitaba identificarlo bien.

—No escuchen al demonio de la avaricia que convence al hombre que el dios dinero está por encima del Dios creador. El dinero es un dios siniestro que hace al hombre esclavo del camino por conseguirlo. Los que amontonan tesoros en la tierra deben saber que en ella hay orín y ladrones que corroen y roban. Es preferible amontonar tesoros en el cielo porque tu corazón estará donde esté tu tesoro. En el reino de Dios todos serán iguales pues no habrá ricos ni pobres.

Eviten el demonio de la ira que desensibiliza los sentidos y nos lleva a la abyecta escala de lo primitivo. Por eso ni siquiera ultrajen de palabra al prójimo porque la ira es la antesala del crimen.

La gente reunida alrededor de Jesús lo escuchaba absorta en sus palabras. Solo Alexander Carrillo tenía los oídos cerrados al mensaje, pero los ojos bien puestos en la figura de Jesús. Lo miraba de arriba abajo... y calculaba. Observaba su estatura... y calculaba. Detallaba el largo y el color de su cabello... y calculaba.

—Cierren sus oídos al demonio de la venganza. Ustedes han oído la expresión "ojo por ojo y diente por diente", la cual enaltece la figura del vengador. Yo les digo que no respondan con violencia a quien los agravie. Cuando alguien los ataque no huyan, porque la cobardía no es digna de un alma noble; pero tampoco tomen venganza porque eso denigra al vengador.

Aparten de ustedes el demonio de la hipocresía. Aparentar lo que no se es no es más que simular. No aparenten una piedad que luego es destruida por comportamientos desmesurados. Ser sincero ante el Padre es un camino expedito hacia la viña del Señor.

Alexander Carrillo tomó de nuevo camino hacia la camioneta; entró en ella y allí permaneció esperando pacientemente.

—Hay un demonio del cual hay que huir, y es el demonio de la mentira. Si hay algo despreciable es el hombre mentiroso, porque la mentira se encuentra con frecuencia en boca de los necios. El hábito del embustero es una deshonra y de esto deben tomar nota los gobernantes que basan su poder en la mentira. No levanten mentira contra sus hermanos porque ello los aparta del Señor.

Por último, procuren vencer el demonio de la envidia, porque esta corroe las bases del alma y cubre de barro el sentimiento del amor. Liberen al Dios que hay dentro de ustedes y si, no entienden con la mente, acepten con el corazón. Venzan el odio, la intolerancia y la crueldad que son enemigos del amor y la misericordia.

Jesús terminó de hablar y su corazón se llenó de tristeza y de temor. Ya casi caía la noche cuando se despidió de la gente que lo oía y tomó rumbo a su casa acompañado de sus amigos íntimos. La camioneta con Alexander Carrillo a bordo se movilizó por la misma ruta. En un recodo del camino, el vidrio de una de las ventanas traseras se abrió justo para dar salida al cañón de un arma provista de silenciador. Un primer disparo certero fue a dar en el pecho de Jesús y un segundo disparo en el abdomen. Era la obra de un asesino especializado. Mientras Jesús se derrumbaba en brazos de sus amigos, la camioneta partió con rapidez y se perdió en las sombras de una noche incipiente. María Magdalena, llena de dolor y angustia, se abrazó al cuerpo sin vida de su amado y trató de levantarlo inútilmente. No le quedó otro remedio que llorar desconsoladamente sobre el cuerpo de Jesús. Alexander Carrillo había hecho un trabajo similar al de la sociedad de hace dos mil años atrás.

La presencia de las autoridades no se hizo esperar. Cuando la policía llegó al lugar de los hechos, solo encontró a una mujer llorando sobre el cadáver de un hombre tendido en el suelo y bañado en su propia sangre. Las demás personas habían desaparecido de la escena del crimen. Recogieron el cadáver y lo introdujeron en una furgoneta especial. Cuando María Magdalena preguntó adónde lo llevarían, uno de los agentes contestó:

—A la morgue.

A María Magdalena no le quedó otro remedio que regresar, llena de dolor, a la casa N.° 5.

XII

Dos días estuvieron María Magdalena y María, la madre, sin salir de la casa llorando la muerte de Jesús. Al tercer día recibieron la visita de Augusto Montero y María Magdalena le expresó el deseo de retirar el cuerpo de Jesús con el fin de darle sepultura. Montero le manifestó su intención de hacer los trámites necesarios ante las autoridades. Fueron muchas las trabas que pusieron; sin embargo, dos días después María Magdalena recogió la orden para ir a la morgue a reconocer el cuerpo de Jesús. Allí fue a dar en horas de la mañana y fue atendida por un funcionario. Este revisó una carpeta para buscar el sitio donde se hallaba y la condujo a la sala de depósito de cadáveres. En esa sala se alineaban unas mesas metálicas sobre las cuales se colocaban los cuerpos sin vida, cubiertos por una sábana blanca, los cuales serían sometidos a la autopsia de ley. Los que no eran reclamados por sus familiares se dividían en partes para los estudios de anatomía por parte de los estudiantes de medicina. Ese era el destino de tanto indigente que abunda por las calles de las ciudades. El hombre condujo a María con la seguridad del funcionario eficiente que conoce muy bien su trabajo.

—Por allá —la guió señalando el camino hacia una mesa que se encontraba al fondo del salón.

A María el corazón le latía con fuerza ante el inminente momento de volver a ver el cadáver de Jesús. ¿Cómo tendría las facciones? ¿Cuál sería el color de su piel tres días después de muerto? Estos interrogantes laceraban su cerebro y sus ojos se llenaron de lágrimas.

Sin embargo, cuando llegaron a la mesa, esta se encontraba vacía y las sábanas estaban caídas sobre el suelo. En el frío y lúgubre ambiente de aquel lugar una descarga eléctrica recorrió la espina dorsal del funcionario, quien solo atinó a decir:

—¿Qué pasó? ¡Estoy seguro de que estaba aquí!

María lo increpó con entereza:

—¿Qué hicieron con su cuerpo?, ¿adónde lo llevaron?

El hombre no sabía qué contestar y solo pudo convencerla de dar aviso al Director del Instituto. Cuando él se enteró de lo sucedido, ordenó una investigación inmediata para aclarar algo tan extraño. Sin embargo, dos días después aún no había contestación a un suceso único en la historia de la morgue. Fue por eso que, desde el Gobierno, se recibió la orden de echarle tierra al asunto.

XIII

En la casa N.° 5, María Magdalena se sintió derrotada. Fueron estériles todos los esfuerzos por encontrar el cuerpo de Jesús. Las autoridades nunca dieron una explicación satisfactoria al fenómeno de la desaparición de un cuerpo de las instalaciones de la morgue. Augusto Montero claudicó en sus diligencias pero afianzó su creencia en lo que siempre había sospechado. María, la madre, lloraba a diario la desaparición del hijo, aunque terminó entregando su dolor a los designios de Dios. Los amigos de Jesús desaparecieron del escenario ante el temor de correr igual suerte. La jerarquía eclesiástica se enteró de lo sucedido pero guardó absoluto silencio; únicamente monseñor Mejías pensaba y sacaba conclusiones. Solo María Magdalena tenía en su mente un concepto claro de lo sucedido. El dolor había menguado su apetito y su sueño. El insomnio se apoderó de ella de tal manera que las noches se convirtieron en extensiones de una angustia diaria que oprimía su corazón. Aquella noche no podía conciliar el sueño y, aprovechando que María, la madre, dormía; salió a la puerta de la casa con el fin de esperar, el fresco de la noche, el ansiado descanso. Terminó sentada en la acera mirando en el cielo una luna hermosa de la cual esperaba una respuesta. Puso los brazos sobre las rodillas y cerró los ojos en busca de paz interior. De pronto sintió la presencia de alguien a su lado y el calor de un cuerpo la hizo salir de sus pensamientos. Cuando abrió los ojos, pudo observar, en la penumbra de la noche, a alguien que se sentó a su lado y le dijo:

—Hola María.

Ella observó con sorpresa a aquel hombre que tenía a su lado. En un éxtasis de temor y sorpresa solo logró decir:

—¡Jesús!, ¿es posible que seas tú?

—María —respondió Jesús—; para el Padre no hay nada imposible.

María lo observó detalladamente: era su misma presencia, su mismo pelo, su misma voz; pero en sus ojos había un fulgor distinto. Era el fulgor de quien había visto ya, por un instante, la gloria de Dios. Ella trató de abrazarlo emocionada, pero él se hizo a un lado y le pidió:

—No, María. No me abraces porque es largo el

camino que me falta por recorrer. Anda y reúne a los amigos y diles que me has visto.

Los ojos de María se llenaron de lágrimas a tal punto que, con la manga de la camisa, tuvo que enjugarlos. Cuando volvió a abrir los ojos lo buscó afanosamente, pero solo encontró la oscuridad de la noche. Jesús ya no estaba.

XIV

Al amanecer, María fue en busca de los amigos y logró reunirlos en la casa N.° 5. Allí contó la experiencia de la noche anterior y de cómo había visto y hablado con Jesús. Unos creyeron la historia sin titubear pero otros se mostraron reacios.

—El amor te hizo ver espejismos, María —opinó Bartolomé, el de la calvicie prematura.

—Fue tan solo un sueño; bonito, pero sueño al fin —dijo a su vez Santiago, el vendedor de empanadas.

María insistía y la madre la miraba ansiosa, deseando que sus palabras fuesen verdad. Estaban enfrascados en una discusión, cuando de pronto tocaron el timbre de la puerta. María, la madre, se dispuso a abrir. Mientras se acercaba a la puerta, no sabía por qué el corazón le latía con tanta fuerza. Cuando abrió la puerta lo comprendió todo:

—Hola mamá —la saludó el visitante.

—¡Hijo! —gritó María, la madre, llena de emoción.

—No me abraces, mamá; por ahora no me abraces.

Cuando Jesús entró a la sala, todos se pusieron de

pie y bajaron reverentes la mirada. ¿Cómo podía ser cierta su presencia si ellos lo habían visto morir baleado? Sin embargo, Jesús se plantó frente a ellos y los invitó a tomar asiento.

—Amigos —les dijo—; no se extrañen de lo que en este momento están presenciando. Es una expresión más de la gloria de Dios. Hace dos mil años un pobre Carpintero nos enseñó a amar las cosas sencillas. Nos enseñó que el amor de Dios comienza por el amor entre los seres humanos. Nos enseñó que el amor comienza por comprender al otro y que ese es el cimiento de la paz entre los hombres. Nos enseñó que cada cual tiene a Dios dentro de sí y que ese Dios habla desde lo profundo del corazón. Pero por sobre todas las cosas nos mandó a buscar primero el reino de Dios y su justicia y nos prometió que lo demás se nos daría por añadidura. Aquel Carpintero es el autor del más hermoso mensaje que ha recibido el género humano y, ante el desprecio que el hombre ha hecho de Él, Dios, en toda su bondad, quiso duplicar la historia para que los hombres puedan rectificar su proceder y envió, de nuevo, a su Hijo a la Tierra. Sin embargo, ya ustedes vieron lo que pasó. Aquel que vino primero como un carpintero, igual que muchos, y luego como un universitario, como tantos otros, también fue despreciado y llevado a una muerte vil. Quienes quieran oír de nuevo la palabra hagan lo que yo les digo: manténganse firmes en el amor a Dios que es la fuente de la vida y en el amor al prójimo, que es la prolongación de la sabiduría divina. Manténgase humildes y sencillos y lleven a otros el mensaje de salvación para que, si estos oyen, puedan entrar en sintonía con su Creador.

Jesús se despidió de sus amigos y salió de la casa

por la misma puerta por la que había entrado, ante el estupor de los hombres y la mirada serena y resignada de las dos mujeres más amadas de su vida.

... sabiendo que Cristo,
resucitado de entre los muertos, ya no muere,
la muerte ya no tiene dominio sobre Él.
—Romanos 6:9

Jesús había regresado de nuevo al mundo para dejar la fuerza universal de su palabra; volvió a morir en forma cruenta para reeditar el epílogo de su vida y volvió a resucitar para que su historia no quedara en las tinieblas de la derrota; volvió a anunciar la presencia del reino de Dios entre los hombres porque nos dejó las armas para vencer el odio y la intolerancia. Jesús vino de nuevo al mundo y nuevamente fue asesinado por el estatus socio-político de esta época, los mismos que de nuevo convertirán su mensaje en escudo amparador de privilegios, en tenazas de fanatismo para provecho de una clase privilegiada y como pretexto para desatar la violencia y la guerra. Sin embargo, su resurrección nos lo recordará por siempre en las maravillas del universo, en la dulzura de los niños, en la armonía de la música y, sobre todo, en el deleite profundo de dos seres que se aman.

NOTA DEL AUTOR

Con excepción de los estrictamente históricos, los demás personajes de esta novela son producto de la imaginación del autor. Cualquier parecido con personas de la vida real, es pura coincidencia.

La editorial Cambridge BrickHouse, Inc.
ha creado el sello CBH Books
para apoyar la excelencia en la literatura.
Publicamos todos los géneros, en todos los idiomas
y en todas partes del mundo.
Publique su libro con CBH Books.
www.CBHBooks.com

De la presente edición:
La historia ante el espejo
por Heriberto Herrera Mejías
producida por la casa editorial CBH Books
(Massachusetts, Estados Unidos)
e impresa en los talleres poligráficos de Quebec,
Canadá, año 2007.
Cualquier comentario sobre esta obra
o solicitud de permisos, puede escribir a:
Departamento de español
Cambridge BrickHouse, Inc.
60 Island Street
Lawrence, MA 01840, U.S.A.